JACK KEROUAC

GERAÇÃO BEAT

Tradução de Edmundo Barreiros

www.lpm.com.br

L&PM POCKET

Coleção **L&PM** POCKET, vol. 632

Título original: *Beat Generation*

Primeira edição na Coleção **L&PM** Pocket: agosto de 2007
Esta reimpressão: maio de 2011

Tradução: Edmundo Barreiros
Capa: Ivan Pinheiro Machado sobre foto de Jack Kerouac por Elliott Erwitt © Magnum Photos
Revisão: Bianca Pasqualini e Jó Saldanha

CIP-Brasil. Catalogação-na-fonte
Sindicato Nacional dos Editores de Livros, RJ

K47g Kerouac, Jack, 1922-1969
Geração Beat / Jack Kerouac ; tradução de Edmundo Barreiros. – Porto Alegre, RS : L&PM, 2011.

128p. – (Coleção L&PM POCKET)
Tradução de: *Beat Generation*
ISBN 978-85-254-1667-4

1. Geração Beat - Teatro (Literatura). 2. Teatro americano (Literatura). I. Barreiros, Edmundo, 1966-. II. Título.

07-2661. CDD: 812
CDU: 821.111(73)-2

Rua Comendador Coruja 314, loja 9 – Floresta – 90.220-180
Porto Alegre – RS – Brasil / Fone: 51.3225.5777 – Fax: 51.3221-5380

Pedidos & Depto. Comercial: vendas@lpm.com.br
Fale conosco: info@lpm.com.br
www.lpm.com.br

Impresso no Brasil
Outono de 2011

os olhos do Ocidente), de 1911; sete novelas, entre as quais se destaca *Heart of darkness* (*O coração das trevas*), de 1902, adaptada para o cinema por Francis Ford Coppola, em *Apocalipse now*, no ano de 1979. Conrad publicou ainda livros de ensaios (*The mirror of the sea* ou *O espelho do mar*, de 1906), de memórias (*Some reminicences* ou *Algumas reminiscências* e *A personal record* ou *Um registro pessoal*, ambos de 1912) e textos sobre a própria obra (*Notes on my books* ou *Notas sobre meus livros*, de 1921). Muitas dessas peças ficcionais foram primeiramente publicadas em formato de folhetim em periódicos como *Blackwood's Edinburgh Magazine*, seguindo uma prática comum na época.

Conrad é hoje considerado um dos grandes autores da língua inglesa – que ele aprendeu depois de adulto, apesar de ter com ela tido os primeiros contatos ainda quando criança, ao ver seu pai traduzir Shakespeare, entre outros autores.

Seus textos ficcionais têm em comum o tema do conflito do homem com o próprio homem, dos limites da natureza humana e do confronto do homem com a natureza selvagem. Seus romances, contos e novelas são povoados por personagens em situações extremas, isolados da sociedade, muitas vezes em crise com a própria identidade e com a condição humana. A maioria de suas peças ficcionais assemelha-se, na aparência, a histórias de aventuras, embora proponham uma profunda reflexão sobre a natureza humana e a civilização. Conrad morreu em 1924, deixando seu último romance, *Suspense*, inacabado.

Livros do Autor na Coleção **L&PM** Pocket:

O coração das trevas
Os duelistas
A flecha de ouro
Juventude
Tufão

Joseph Conrad

(1857-1924)

Joseph Conrad nasceu Józef Teodor Konrad Nalecz Korzeniowski, filho de pais poloneses, na cidade de Berdichev, na Ucrânia dominada pela Rússia czarista. Seus pais eram nacionalistas poloneses e, por causa de suas atividades políticas anti-russos, foram exilados para a remota província de Vologda, situada ao norte. Joseph, então com quatro anos, os acompanhou. Aos onze anos de idade, ficou órfão de pai e mãe. Seu tio materno Thadeusz Bobrowski tomou conta do sobrinho e foi seu mentor e responsável durante os 25 anos seguintes. Thadeusz queria que Joseph seguisse a carreira universitária, mas em 1874, quando o rapaz tinha dezesseis anos, finalmente cedeu e concordou em deixá-lo seguir seu antigo desejo de viver no mar. Joseph viajou a Marselha, onde trabalhou em navios da marinha mercante francesa até juntar-se, em 1878, a um navio britânico, como aprendiz.

Ficaria na marinha por quase vinte anos, visitando os mais variados lugares da Ásia, da África, da América e da Europa – experiência essa que seria definidora da literatura do autor, além de fornecer vasto material para suas histórias. Em 1886, obteve a cidadania britânica. Oito anos depois, em 1894, ele abandonou o mar e uma carreira bem-sucedida (chegara à posição de capitão-de-longo-curso) para se dedicar à literatura. Seu primeiro livro, *Almayer's folly* (*A loucura de Almayer*), cuja redação fora iniciada em 1889, foi publicado em 1895, quando o autor contava já 38 anos (também dessa época data o casamento de Joseph com Jessie George). O livro foi recebido com entusiasmo pela crítica e friamente pelo público. Levaria cerca de quinze anos para que a carreira literária de Conrad decolasse.

Ele escreveu, ao todo, dezessete romances, sendo os principais *Lord Jim*, de 1900, *Nostromo*, de 1904, *The secret agent* (*O agente secreto*), de 1907, e *Under western eyes* (*Sob*

Jack Kerouac
(1922-1969)

Jean-Louis Lebris de Kerouac nasceu em Lowell, Massachusetts, em 12 de março de 1922; era o mais novo dos três filhos de uma família de origem franco-canadense. Começou a aprender inglês apenas aos seis anos de idade, estudou em escolas católicas e públicas locais e, como jogava futebol americano muito bem, ganhou uma bolsa para a Universidade de Columbia, na cidade de Nova York. Nesta cidade conheceu Neal Cassady, Allen Ginsberg e William S. Burroughs. Largou a faculdade no segundo ano, depois de brigar com o técnico do time de futebol, foi morar com uma ex-namorada, Edie Parker, e juntou-se à Marinha Mercante em 1942 – dando início às jornadas infindáveis que se estenderiam por boa parte de sua vida. Em 1943 alistou-se na Marinha, de onde foi dispensado por razões psiquiátricas. Entre uma e outra viagem, escreveu o primeiro romance, *Cidade pequena, cidade grande*, publicado em 1950, sob o nome de John Kerouac. Este primeiro trabalho foi fortemente influenciado pelo estilo do escritor norte-americano Thomas Wolfe e foi bem recebido. Em abril de 1951, entorpecido por benzedrina e café, inspirado pelo jazz, escreveu em três semanas a primeira versão do que viria a ser *On the Road*. Kerouac escrevia em prosa espontânea, como ele chamava: uma técnica parecida com a do fluxo de consciência. O manuscrito foi rejeitado por diversos editores. Em 1954, começou a interessar-se pelo budismo e, em 1957, *On the Road* foi finalmente publicado, após inúmeras alterações exigidas pelos editores. O livro, de inspiração autobiográfica, descreve as viagens de Sal Paradise e Dean Moriarty pelos Estados Unidos e pelo México. *On the Road* revelou ao mundo a geração que ficou conhecida como "a geração *beat*" e fez com que Kerouac se transformasse em um dos mais controversos e famosos escritores de seu tempo – embora em vida tenha tido mais sucesso de público do que de crítica e rejeitasse o título de "pai dos *beats*". Seguiu-se a publicação de *Os vagabundos iluminados* – um romance com franca inspiração budista –, *Os subterrâneos*, em 1958, *Maggie Cassidy*, em 1959, e *Tristessa*, em 1960. Publicou ainda *Big Sur* e *Doctor Sax*, em 1962, *Visions of Gerard*, em 1963, e *Vanity of Duluoz*, em 1968, entre outros. *Visões de Cody*, considerado por muitos o melhor e mais radical livro do autor, só foi publicado integralmente em 1972. Jack Kerouac morreu em St. Petersburg, Flórida, em 1969, aos 47 anos, de complicações decorridas de uma cirrose hepática. Morava, então, com a mãe e com a esposa, Stela. Escreveu ao todo vinte livros de prosa e dezoito de ensaios, cartas e poesia.

Livros do autor publicados pela **L&PM** EDITORES

Anjos da desolação
Big Sur (**L&PM** POCKET)
Cidade pequena, cidade grande
Despertar: uma vida de Buda (**L&PM** POCKET)
Diários de Jack Kerouac (1947-1954)
Geração beat (**L&PM** POCKET)
O livro dos sonhos (**L&PM** POCKET)
On the Road – o manuscrito original
On the Road – Pé na estrada (**L&PM** POCKET)
Satori em Paris (**L&PM** POCKET)
Os subterrâneos (**L&PM** POCKET)
Tristessa (**L&PM** POCKET **PLUS**)
Os vagabundos iluminados (**L&PM** POCKET)
Viajante solitário (**L&PM** POCKET)
Visões de Cody

Leia também na Coleção **L&PM** POCKET:

Kerouac – Yves Buin (Série Biografias)
Geração Beat – Claudio Willer (Série **ENCYCLOPÆDIA**)

Introdução

Para falar sobre a geração *beat*, é preciso colocá-la em algum tipo de contexto cultural – era 1957, Dwight D. Eisenhower era presidente, Richard M. Nixon era vice-presidente, o prêmio Pulitzer na categoria Drama foi para *Long Journey into Night* (*Longa jornada noite adentro*), de Eugene O'Neil, e não houve prêmio para a categoria ficção. *West Side Story* (*Amor, sublime amor*) estreou na Broadway, o seriado *Leave it to the Beaver* estreou na televisão e, se você fosse ao cinema, era grande a probabilidade de que seria para ver *The Bridge on the River Kwai* (*A ponte do rio Kwai*), *Twelve Angry Man* (*Doze homens e uma sentença*) ou *Peyton Place* (*A caldeira do diabo*). No *front* doméstico, havia ainda nos Estados Unidos o esforço para integrar as escolas, enquanto os russos lançavam o *Sputnik I* e a Corrida Espacial começava. Era 1957, e *On the Road*, de Jack Kerouac estava sendo publicado – outros livros lançados naquele ano incluíam *The Assistant* (*O faz-tudo*), de Bernard Malamud, *A Death in the Family* (*Morte na família*), de James Agee, *Syntactic Structures* (*Estruturas sintáticas*), de Noam Chomsky.

Nessa altura, Kerouac e sua gangue de escribas só queriam saber de abraçar e celebrar a vida *beat*. Segundo algumas fontes, ele próprio já havia cunhado o termo, em 1948, sugerindo que as convenções sociais estavam "acabadas", "cansadas", "usadas". Muitos afirmaram que a utilização feita pelo autor do termo *beat generation* envolvia uma referência à "geração perdida" pós-guerra de Hemingway, mas com um rótulo mais positivo: os *beats* eram seres iluminados, "beatíficos" – uma bela confluência das filosofias budista e católica, tão importantes para Kerouac.

Em 1957, Kerouac ainda não era o que ele é hoje – uma figura tão dominante na cultura contemporânea quanto os rostos do monte Rushmore ou talvez até mais. Em 1957, ele ainda gozava de algum anonimato – ainda era, por ora, a versão mais pura de Jack Kerouac, não uma personalidade nem uma celebridade.

Diferentemente dos veteranos da Segunda Guerra Mundial que voltavam para casa, casavam-se, mudavam-se para os subúrbios e abraçavam inteiramente o Sonho Americano e a florescente cultura de mais, mais, mais, a vida *beat* era vivida no limite. Os *beats* nada tinham a perder, nem podiam cair de muito alto. Homens sagrados, pensadores, antimaterialistas, eram exatamente o oposto dos "homens da caserna". Kerouac e sua fraternidade experimental aspiravam a algo mais – a uma espécie de liberdade. Eles queriam levitar, voar, se mover sem amarras no tempo e no espaço. Queriam encontrar a espiritualidade e a entrega entre os socialmente desajustados. E queriam se divertir, ganhar alguns trocados apostando em cavalos, beber um pouco, transar. Comparados aos rapazes comuns, eram uns selvagens – espantosos e ameaçadores.

O estilo de Kerouac não tinha apenas sustentação filosófica; tratava-se de uma guerrilha lingüística – uma bomba atômica literária que fazia tudo ir pelos ares. Ao lado de Kerouac, estavam o hiperintelectual Beckett e Joyce. No outro lado, os antiacadêmicos: Hemingway e Dos Passos. Kerouac absorveu tudo e foi mais além.

Para que essa peça faça sentido, é necessário mantê-la em perspectiva. Estamos em 2005, toda uma linha de roupas com a grife Jack Kerouac está para ser lançada, o manuscrito de *On the Road* faz uma turnê pelos Estados Unidos. Há alguns meses, em um armazém de New Jersey, foi descoberta esta "nova" peça de Kerouac – três atos escritos em 1957 e datilografados pela sempre amorosa mãe de Kerouac, Gabrielle, também conhecida como "Mémère".

A peça nunca foi encenada – havia, ao mesmo tempo, muito interesse e pouca ação. Em uma carta, Kerouac descreveu seu interesse pelo teatro e pelo cinema da seguinte maneira:

> O que quero é refazer o teatro e o cinema nos Estados Unidos, dar a eles um choque de espontaneidade, remover preconceitos de "situação" e deixar as pessoas delirarem como fazem na vida real. A peça é isto: nenhuma trama em especial, nenhum "significado" em especial, apenas a maneira como as pessoas são. Escrevo tudo o que escrevo no espírito em que me imagino como um anjo devolvido à Terra, que a vê com olhos tristes.

A peça *Geração Beat* é um maravilhoso acréscimo à obra de Kerouac. Será muito divertido ver o que acontece com ela – posso facilmente imaginá-la sendo encenada e cada palco sendo incrivelmente diferente um do outro –, trata-se do que cada um traz a ela.

É uma peça do seu tempo – razão pela qual o contexto é tão importante. Às vezes nos faz lembrar de Tennessee Williams, Clifford Odets e um pouco de Arthur Miller. Mas em comparação a esses dramaturgos cujo trabalho é formal e bem-definido, esta peça é solta, não possui amarras de qualquer tipo, é toda sobre justaposições, relações, palavras e ideais chocando-se uns com os outros, rifando numa dispersão *bebop*.

Geração Beat abre de manhã cedo, em um apartamento próximo do Bowery, com bebidas – o devaneio do primeiro trago. Trata-se de um mundo masculino – trabalhadores, guarda-freios da rede ferroviária, bebedores que passam o dia na rua, apostando em cavalos, homens que praguejam ao dizer droga, homens que têm uma garota esperando por eles e requentando o seu café – a liberação das mulheres nunca teve vez no mundo de Kerouac. Passa-se em uma Nova York desaparecida, com o odor fumacento dos cigarros pairando ao redor de todos eles, homens jogando xadrez, o burburinho dos metrôs elevados, a sensação da vida vivida no subterrâneo, tudo um pouco *beat*. E *Geração Beat* é toda permeada pela sonoridade da conversação.

Trabalhando por arroubos sincopados, Kerouac vomitou esta "prosódia espontânea e *bebop*", ou "poesia de jazz". A peça (e os romances) é tudo e mais um pouco. É um tipo de colisão de globo da morte, um musical jazzístico de palavras que se aceleram e avançam aos gritos – em uma versão de diálogo de pára-choques. *Geração Beat* é sobre conversas, sobre a amizade, sobre enfiar o pé na jaca; é sobre a maior questão de todas – a existência. Kerouac e seus personagens apenas delineados – só é mostrado um lado dos andarilhos – querem saber como e por que nós existimos, e então, em alguma combustão espontânea, eles descobrem que no final das contas não há respostas, há apenas o momento em que nos encontramos e as pessoas à nossa volta.

Eis aqui o romance da estrada, do renascimento e do carma – a peculiar e profundamente pessoal combinação de Kerouac, do trabalhador que discute corpos astrais, dívida cármica, vidas passadas e a traição de Jesus. Eis o poder das idéias e a dificuldade da fugidia crença. E eis o amor de deus e o medo de deus – apesar do interesse de Kerouac pelo alternativo, de sua exploração do budismo e de filosofias orientais, ele jamais conseguiu fugir da sua educação católica.

Ainda assim a peça tem uma insolência masculina, um certo tom de bravata. Linguagem e personagens dando encontrões uns nos outros, em um tipo de entorpecida delícia, na qual é possível sentir o calor da tarde, o cheiro de forragem e merda e cerveja e pista de corridas, o chiado cheio de graxa dos freios, e o tipo de sujeira que nunca é possível limpar completamente.

Kerouac era o homem que permitia a escritores adentrar o mundo da fluidez – diferente do fluxo de consciência, sua filosofia era estar na corrente, aberto à possibilidade, permitindo a criatividade se movimentar no seu corpo, e se fundir, tanto com o processo quanto com o conteúdo. Era sobre abraçar a experiência, e não resisitir a ela; é esse na verdade o maravilhoso fogo de artifício sobre o qual Kerouac escreve em *On the Road*.

Uma última observação, pessoal: sem Kerouac, sem Jimi Hendrix, sem Mark Rothko, eu não existiria. Eu costumava pensar que Jack Kerouac era meu pai (às vezes literalmente) e Susan Sontag, minha mãe. Eu podia desenhar uma genial árvore genealógica, com Henry Miller e Eugene O'Neil como meus tios e por aí vai. Kerouac educou-me espiritual, psicológica e criativamente. Me deu permissão para existir.

No final das contas, *Geração Beat* é um presente, uma guloseima encontrada sob a almofada de um sofá. Para aqueles entre nós que nunca se cansam de Kerouac, agora temos um pouco mais.

*A. M. Homes**,
Nova York, junho de 2005

---

* Escritora norte-americana.

Uma nota para o leitor:
A versão publicada de *Geração Beat* reproduz com o máximo de exatidão possível o manuscrito original datilografado, completo, mantendo a pontuação, a ortografia e as palavras inventadas inimitáveis de Kerouac.

Primeiro Ato

(A CENA SE PASSA NO INÍCIO DA MANHÃ EM NOVA YORK, PERTO DE BOWERY, NA COZINHA, UMA COZINHA POBRE, ONDE ESTÃO UM CARA DE COR CHAMADO JULE E UM BRANCO CHAMADO BUCK, E OS DOIS ESTÃO ERGUENDO SEUS COPOS DE VINHO, COPOS PEQUENOS, UM PARA O OUTRO, E BUCK ESTÁ FALANDO:)

BUCK

Está bem, Jule, vamos tomar uma

JULE

Eu fico imaginando quanto o cara da loja de bebidas paga, pelo menos metade do que ele vende...

BUCK

Uau!... vamos tomar outra... Ei você bebe depressa!

JULE

Bebe! porque amanhã você pode ter nas costas o peso dos 7.000 anos de ontem...

BUCK

Mas isso não está certo, você não está entendendo a situação aqui. Você não tem mais?

JULE

Agora não... senta, cara

BUCK

Está bem, Jule... Eu estou aqui sentado na cozinha da casa de Julius Chauncey em uma manhã clara e fresca de outubro de 1955, o primeiro copo do dia, argh. Você conhece Jule, é impossível, é impossível recriar o efeito desse primeiro copo que você bebe de manhã quando acorda, mas mesmo assim, no mundo inteiro os bebedores vão sorver gorgolejando... eles querem mais mais mais do que eles não podem ter, porque isso só pode acontecer uma vez... não é verdade? ...Vamos, cite outra frase, Jule

JULE

Não, estou cansado

BUCK

Vamos lá, vamos, outra (BEBENDO)... Eu queria saber onde está Milo

(A PORTA SE ABRE E MILO ENTRA, UM SUJEITO DE ESTATURA MEDIANA E CABELOS ESCUROS EM UNIFORME COMPLETO DE GUARDA-FREIOS, CHAPÉU, BONÉ, O UNIFORME AZUL, O PROGRAMA DAS CORRIDAS EM UM BOLSO, A BÍBLIA E OUTROS LIVROS EM OUTRO BOLSO, E ALGUMAS FLAUTAS SAINDO DE SEU BOLSO, SEGUIDO POR OUTRO GUARDA-FREIOS MAS ESTE TEM QUASE DOIS METROS ESTÁ LIMPO, BEM VESTIDO E BARBEADO, EM UNIFORME COMPLETO DE CONDUTOR, SEGUIDO POR UM BAIXINHO DE UM METRO E MEIO QUE NÃO É EXATAMENTE UM ANÃO EM TERNO COMPLETO COM COLETE, SEM CHAPÉU... SÃO MILO, SLIM E TOMMY)

BUCK

Vocês chegaram, sabia que iam conseguir chegar aqui... Ora, ora, ora, olha só para esses uniformes de guarda-freios, aqui... Uma reunião de bêbados e guarda-freios de manhã cedo, hein?

TOMMY

E aí, Buck, como estão as coisas... Ei, posso me sentar à mesa, Vicki?

(...ENTÃO UMA GAROTA, UMA GAROTA BRANCA, VEM DO OUTRO APOSENTO AO OUVIR A CHEGADA DOS VISITANTES...)

Posso me sentar à mesa e estudar esses cavalos? Hoje tenho uns cavalos correndo no Jamaica e eu daria meu braço esquerdo para poder ir lá e apostar neles mas tenho um trabalho para fazer no Riker's às duas horas droga.

MILO

Tudo bem Tommy... Você chega mais para a ponta aí, Tommy meu caro, isso mesmo, Buck senta no chão e então eu e meu velho amigo comprido Slim Summerville aqui podemos retomar nossa melhor de sete do campeonato mundial de xadrez (OLHANDO PARA VICKI)... Ah, é isso que eu gosto de ver de manhã, garotos e garotas. Tem café aí, Vicki?

VICKI

Tem um pouco, vou esquentar

MILO

Só um pouquinho de açúcar no meu, Vicki querida

VICKI

Sim *senhor*

MILO

Bem, agora escute aqui, Buck meu chapa (PEGANDO O TABULEIRO E AS PEÇAS DE XADREZ), então é verdade, como você diz, que Deus *somos* nós, apenas nós, bem aqui, agora, e pelo que você diz, não temos de correr para Deus porque já estamos lá, mas Buck, vamos encarar a real, meu velho, que esse caminho filho-da-mãe para o paraíso é um caminho *longo*...

BUCK

Ah, isso não passa de palavras...

MILO

Rapaz começamos em nossos corpos astrais, cara, e você sabe como é que uma alma vai em linha reta quando se dirige para aquela noite branca e vazia, isso, e então, à medida que ele perambula, é apenas um recém-nascido astral que é novo na brincadeira e ele começa a zanzar por ali e a andar de um lado para outro, ou seja, explorar, como diz H.G. Wells sobre uma empregada que varre uma sala de um lado ao outro, do jeito que as migrações avançam?...

VICKI

Sobre o que você está *falando* de novo!

MILO

E nessa forma Astral, ele migra, lá fora, para o próximo nível, ou para o nível o marciano, onde esbarra em todos esses *níveis*, sabe, mas com aquela penetração astral espectral especial... como você pronuncia isso, velocidade de inter-pe-ne-tração

BUCK

Palavras

MILO

É verdade... é verdade..., mas então depois – agora vamos armar esse negócio Slim, vou ficar com o – vou dizer o que vamos fazer, eu fico com as pretas, você com as brancas, vou dar uma chance pra você hoje então escute aqui, Buck, havia um cara que tinha uma aura de traição tão ruim em torno dele, na verdade, era uma entidade posterior de Judas, ele ou as pessoas o sentiam e viravam na rua e diziam "Quem é esse *traidor* que acabou de passar?" toda a vida dele sofrendo por uma maldição que as pessoas tinham jogado sobre ele, que era essa dívida cármica que ele tinha de pagar por ter vendido Jesus por um punhado de prata...

BUCK

Palavras... Eu insisto que são só "palavras" Milo e estou falando sério, estou tentando fazer com que você diga "Deus são Palavras"... Tudo *ainda* são apenas palavras, não é mesmo?

MILO

Não não não não não não não não não não não não... quando esse corpo astral chega a Saturno, algumas condições lá podem persegui-lo... podem conseguir transformá-lo em rocha, e por aí vai, você precisa tomar cuidado, garoto, você quer que ele se transforme em rocha?

BUCK

Me fala sério Milo, a entidade não vai para Deus no Paraíso?

MILO

Vai, depois de um caminho e de um julgamento longos, sabe... humm

(ACENDE UM CIGARRO COM GESTOS SUAVES)

BUCK

Ah palavras

MILO

Palavras, se você quer assim

BUCK

Ou pássaros

MILO

Até que, no fim, purificada e tão imaculada quanto o traje que nunca foi alugado, a entidade enfim *chega* ao Céu e de volta a Deus, é por isso que digo que, agora, nós não estamos lá

BUCK

Como podemos não estar lá, agora? Não podemos estar em nenhum outro lugar... o mundo, ou o Céu, é o que é a forma... Não podemos evitar nossa recompensa... O paraíso é tão certo, Milo

MILO

Ah... Está bem Slim, é a sua vez, você está com as brancas

TOMMY

Ei, Milo, quer ver os meus palpites?

MILO

Não, eu não preciso ver nada, eu disse que já estou com tudo no esquema

JULE

Os cavalos?... Você botou os cavalos no esquema, como conseguiu fazer isso?

MILO

Senta aqui Slim, e vamos tirar esses, ah... Vamos atacar um ao outro com lanças de campanha... Peão na quatro do rei? Por Deus, eu sei como responder a você, vou deixar minha bíblia aqui do lado para o caso de precisar citar alguma coisa para o velho Buck aqui sentado no chão, esse descrente... Vicki, esse café já está pronto, só um pouquinho de açúcar, sabe, nada demais, a menos que Buck queira sair e comprar costeletas de porco com essa grana do v-i-n-h-o com a qual ele está prestes a fugir e comprar vinho

BUCK

Não não não, vocês olhem só para todos os páreos do dia e encontrem cavalos que tenham ganhado 33 por cento de suas corridas, especialmente que tenham corrido nos últimos oito dias, que tenham perdido peso e estejam correndo sua distância favorita, vários outros detalhes...

MILO

Peão para quatro do rei, hein? ...Bem, vamos experimentar o cavalo, aqui, vamos experimentar o cavalo

SLIM

Cavalo para cinco do bispo

BUCK

Quantas vezes eu já disse a você Milo que é impossível ganhar nos cavalos, meu pai perdeu seu *negócio* tentando fazer isso, cara... claro que anos mais tarde ele dizia ter perdido o negócio em alguma enchente, coisa assim, mas... foi mesmo no jogo, rapaz

MILO

É é é, sua vez meu chapa

TOMMY

Ele correu 1.800 metros em 1m43s cravados e hoje corre dois mil metros, não sei, não sei se ele pode agüentar mais... esses outros duzentos metros

BUCK

Com o *handicap* de um bilhão de quilos ele vai dar algum jeito...

MILO

Lazy Charley, Lazy Charley, por que você, cara, você não percebe que eles acharam aquele sujeito morto no hipódromo com quarenta mil dólares em pules premiadas no bolso, ele tinha acertado direitinho... agora espere um minuto aí cara, agora olhe aqui... Isso, querida, só um pouquinho de açúcar, isso mesmo

VICKI

Ovos?

MILO

Ovos, ovos... está bem, está bem, ESTÁ BEM... hum, é melhor que Chinatown

VICKI

Mais alguém?

MILO

Um ovo estrelado com um pouco de café forte e bem quente para acompanhar, sabe, faz um pouco mais de café e eu quero bem quente

JULE

(CANTAROLANDO *BE BOP*) Daba daba diddley ya dee do

TOMMY

Deve haver um buraco lá para ele passar, sabia?

JULE

Você encontrou minha gata ontem de noite, Tommy, hein, Tommy, você encontrou uma mulher velha e bonita deitada na calçada e a levou para, você sabe, sua casa

TOMMY

Ontem de noite não, Jule... Eu só tomei umas cervejas no Pink Angel e havia algumas mulheres velhas lá mas não me interessaram muito, bêbadas demais

JULE

Você transou com alguma gorda velha ontem de noite Tommy? transou transou transou *transou*?

VICKI

Ai, Jule!

JULE

Swing, um pouco de *swing*!

BUCK

É

JULE

É

MILO

Bem, então o velho Lazy Charley, veja só –

SLIM

– tudo bem, vou mexer este bispo –

MILO

– e ele chega lá jóquei, sabe, né, e está chegando atrasado, está ali parado perto do guichê de cinqüenta dólares e a campainha de aviso toca, o velho Charley dá uma olhada distraída para a pedra para ver quem é a terceira força e *aposta* o dinheiro... É por isso que quero ir às corridas, hoje, por que eu estou dizendo, cara... e você não percebe que tudo já foi armado para a gente por antecipação e tudo o que a gente precisa fazer é ir lá e recolher a grana... é por isso que eu digo que quero ir ao jóquei hoje, preciso recuperar aquele dinheiro, e além disso.... a grana que eu perdi, você sabe ... e tem uma coisa que quero que você saiba, quantas vezes eu fui até aquele guichê de apostas e botei meu dinheiro no número cinco só porque alguma pessoa naquele instante disse "número cinco" e a pule que eu queria antes era a dois, e eu estou ali, você sabe, e estou olhando para os lados, em vez de apostar no meu número dois, de acordo com o sisterma de Lazy Charley, eu aposto no cinco

BUCK

Por que você simplesmente não diz "Ei, por favor, é número dois, não cinco, eu me enganei"... ele não trocava isso para você? o cara que faz as apostas?

MILO

Humm, bem... porque havia uma entidade desencarnada me dizendo número cinco, eu acho que ela estava tentando ajudar –

BUCK

Você às vezes escuta isso dentro de sua cabeça?

MILO

É, e ela pode estar tentando me fazer perder ou ganhar com a certeza antecipada do resultado do páreo, meu velho, você não acha que eu não sei, por que, bah, garoto, eu sei. – e você sabe que Lazy Charley nunca disse que iria desviar alguma vez dessa terceira força

BUCK

Então pelo menos você sabe que essas entidades espirituais desencarnadas estão tentando fazer você perder porque você diz que a terceira força não pode falhar!

MILO

Não pode

VICKI

Como elas se parecem?

BUCK

O quê?

VICKI

As entinades desarnadas... essas entidades desarnadas aí

MILO

Elas parecem com *tudo*... auras, auras, vamos dizer, por exemplo, aquele traidor de quem eu estava falando ali, assustando todo mundo pela rua. Auras que mostram ogros da imaginação operam de qualquer forma e ele está ali correndo pela rua, todo mundo sabia que em uma vida anterior ele tinha sido um grande traidor, e ele levava isso com ele por onde andava –

BUCK

É, uma profusão de almas grandes e entristecidas em uma fila longa até aquele céu infinito, me diz, cara, Milo, do que você está falando

MILO

Mas me escuta aqui moço e eu vou te mostrar uma coisa, hum, cara, e sabe que Jesus Cristo, ele desce e seu carma na terra é saber que é o filho de Deus designado para morrer pela segurança, a segurança eterna da humanidade, tudo foi arranjado e organizado antes, até Judas...

BUCK

Bem, e todas as vidas das *formigas* foram arranjadas antecipadamente?

MILO

Não, das formigas não. Já sabendo, Jesus faz isso, morre na cruz, esse era seu carma como Jesus, você não entende?... saca o que isso significa...

BUCK

Está bem

MILO

Então, ah, de volta ao Lazy Charley.... você percebe agora que o Charley era esperto e não tinha que suar e pular no meio da multidão, cara........ ele junta suas pules ganhadoras –

BUCK

– e morre

MILO

É isso mesmo, e de lá ele vai para onde seu carma exige

que ele vá... uhm, o próximo planeta, ou a próxima aura, onde quer que ele tenha de ir, ele vai... Não tem nada que o preocupe... Veio à terra para desenvolver um sistema para ganhar nos cavalos e depois partiu.

BUCK

Que livro é esse que você está lendo?

MILO

Edgar Cayce*...

BUCK

Edgar Cayce, você sabe quem é Edgar Cayce, Jule, aquele velho caipira sabe que entra em uma casa onde tem alguém doente e se aproxima da cama da pessoa que está doente e afrouxa a gravata e se deita de costas estendido no sofá, e lá está a mulher dele, sentada do lado da cama com um bloco e um lápis e a pessoa doente está ali, sabe, e o velho Cayce entra em transe e ela diz "Edgar!" quando ele entra em transe, "por que o anão Bloobloo tem tromboflebite nesta terra maldita, o que ele fez para merecer isso e como ele pode se curar?"

MILO

Isso mesmo

SLIM

O que é isso?

---

* Edgar Cayce (1877-1945). Famoso médium americano. (N.T.)

BUCK

O Edgar Cayce... sabe, e o Edgar Cayce está ali deitado e diz: "O Edgar Parapara aqui em uma vida passada –"

MILO

Isso aí, vida passada... é a vez das brancas

BUCK

"– foi um sacerdote asteca nas colinas de Teotihuacán onde eles arrancaram seu coração pulsante, ele derramou mais sangue de vítimas e o bebeu aos baldes com sangue e serragem e viu fogos, enfim, agora para expiar esses pecados ele renasceu com um excesso de sangue que engrossa os coágulos em suas veias e faz com que isso afete seu carma, o seu destino recebido, com o sofrimento agora, ele tem de pagar por isso, e é por isso que ele tem essa doença do sangue..." Então é isso, e então –

TOMMY

Ei, este ovo aqui está galado!

MILO

Joga fora!

TOMMY

Mas tem uma galinhazinha aqui, não vou jogar fora...

BUCK

Por que será que esse Edgar Cayce nunca adivinhou o resultado dos cavalos?

MILO

Porque, cara, isso é um tipo diferente de informação, agora ele curou o sujeito que estava doente, como você diz, ele descobriu por que ele estava assim, e então deu a ele a cura, sei lá qual foi ela, por causa dessa informação, por outro lado ele *poderia* ter previsto os cavalos mas não fez isso, ou não faria porque era informação proibida, você vai saber sobre tudo isso hoje à noite, meu velho, quando eu e você e o total do meu dia estiverem pelo menos se esgotando, toda a parte matemática da coisa deve estar pronta até amanhã, *um*, vamos pegar esse trem, cara, e nos encontrar no meu carro onde Irwin, você e Paul vão estar esperando, e acho que Manuel vai ao jóquei com a gente, não vai, e Paul – então vamos de carro até minha casa, e o Bispo vai aparecer lá esta noite para nos dar a todos um sermão bem culto

TOMMY

O bispo? Que bispo?

MILO

Aquele Bispo Hartori...

SLIM

Está falando do sujeito que Cora vai ouvir falar

MILO

É, você sabe, que ela – deu para ele meu – Meu Deus ela deu para ele o meu único abajur, eu não consigo mais nem enxergar na sala, hmm

BUCK

Abajur? Para quê?

MILO

Bem, para o salão de conferências dele

BUCK

De que igreja é esse cara?

MILO

Ah, é a – a nova, ah, igreja aramaica eu acho que é assim que se chama

BUCK

E você está falando que esta noite todos vamos ter que ver esse sujeito?

MILO

Na minha casa

BUCK

Como ele se veste?

MILO

Bem, ele usa túnicas negras compridas, e tem um crucifixo grande pendurado... é um cara novo, de 28 anos, um suingueiro de primeira... Ele vai lá com suas tias velhas, você sabe...

BUCK

E Irwin.... Paul... e toda essa gente?

MILO

É, e você e... outras pessoas. Ah, Cora está limpando a casa e se preparando o dia inteiro e está enviando postais e está toda empolgada e procurando mais luminárias...

BUCK

Bem, ah, por Deus, eu não vou – eu quero ir para o jóquei, mas o que vou fazer com um *Bispo*

MILO

Ah, mostre pra ele qualquer coisa que você quiser, e explique pra ele o fato – na verdade, ele sabe tudo sobre isso, cara, porque tentar enrolar esse cara não tem nada sobre o que ele não saiba... Aurobindo*, você sabe...

VICKI

Jule, não tenho pratos suficientes

MILO

Tudo bem, querida, ponha tudo em um prato só e a gente divide no meio e separa a parte de cada um, já que muita gente vai comer ou pelo menos beliscar

BUCK

E eu estou bêbado, já estava bêbado ontem à noite com Maguire e só dormi umas poucas horas no sofá de Jule e ainda assim tenho que me encontrar com o *Bispo*? Eu tenho que me comportar bem? O que eu vou fazer e o jóquei também?

---

* Sri Aurobindo (1872-1950). Nacionalista, filósofo e místico indiano. (N. T.)

TOMMY

Ah, do que você está reclamando, Buck, você tem uma vida boa, nunca vi você suar demais trabalhando

BUCK

Eu só suo o necessário. Ei, Milo, onde está Irwin, agora?

MILO

Ele vai nos encontrar no carro às seis e quinze quando pegarmos o trem para o jóquei de volta, e a gente se reúne assim que eu estiver liberado

TOMMY

Chesterfield vai ganhar o sexto páreo, por Deus, vou apostar nele

MILO

Essa terceira força – bispo para casa cinco da torre – essa terceira força parou de funcionar há dois dias e ele, agora, perdeu exatamente dezessete páreos consecutivos, como ele pode ter *tanta* certeza de que vai acertar hoje e não ter dúvida sobre isso e se ele perder serão 25 seguidas e nunca ouvi falar em uma coisa assim no Jamaica, ou em qualquer lugar, apesar de Lazy Charley ter dito no artigo que tinham lá no jóquei ou algo assim, ele às vezes perde até trinta direto e, cara, é aí que você precisa ter aquela reserva no banco

JULE

Ah, mas por que você quer ganhar uma grana firme,

afinal, quer dizer, todo mundo gosta de dinheiro, mas vocês só falam sobre *isso*, cara... Olhe você, trabalha na ferrovia e ganha 650 dólares por mês e você tem sua garota, e sua casa, e seus filhos, e você só fica falando e falando de *dinheiro*

MILO

Não é pelo *dinheiro*, não senhor, nada disso, é filantropia. Agora o Buck aqui cobre os hipódromos da Califórnia, está vendo, eu – eu vou enviar a grana para ele e – para os hipódromos da Nova Inglaterra quero dizer – e Tommy para os da Flórida, está vendo o velho Tommy lá, circulando e apalpando as bundas das meninas lá na Flórida? Vamos mandar o velho Jule aqui cobrir as corridas de Chicago perto de St. Louis para que ele possa ficar aqui perto de casa e ver todas as suas mulheres por aqui... e New Orleans vamos mandar o Irwin para lá assim que eu ensinar a ele como fazer isso da maneira correta e usar o sistema, é preciso esperar, você sabe, até o último minuto com os olhos grudados naquela pedra de apostas e a gente também vai ter que mandar aquele cara pra lá, o tal de Paul está aí? O amigo dele, a gente vai ter que mandar ele para a Rússia para cobrir as pistas de lá, e vamos conseguir algum mexicano para fazer isso em Aguascalientes, cara, e logo vamos mandar Marlon Brando para cobrir os hipódromos da França ou algo assim, ter uma rede de amigos, uma organização de um milhão de dólares, podemos construir lugares para dar comida para os pobres, mosteiros, devotar todo esse carma, está vendo, trabalhar nosso carma e quando morrermos vamos partir com algo que vai nos fazer seguir em frente no futuro, em nossa vida futura no espaço exterior, com algum novo tipo de... crédito e melhorar toda a situação, porque você sabe, cara, não há tempo suficiente para todas as coisas que precisam ser feitas, não há grana suficiente, mas você se dá conta – esse peão filha-da-mãe tem que sumir! (PFUIT! ELE SOPRA O PEÃO) – Ei, garota, você está precisando de ajuda com esses ovos aí, querida? hein? porque você trouxe os ovos do Tommy primeiro, só porque ele é menor que eu não significa que não estou com tanta fome quanto ele, sabia

JULE

Buck, vá na rua e traga logo esse vinho

BUCK

Ainda preciso de mais três centavos. Milo me deu uma moeda de cinco

MILO

Vou dar uma moeda de cinco a você e amanhã desde que eu mande você para a Jamaica para garantir que a gente ganhe, cara, se essa terceira força não ganhar hoje ela estará *fadada* a ganhar amanhã, sabe, vamos lá juntos hoje... se não der hoje você tem de estar lá amanhã *com toda a certeza* porque as probabilidades vão estar do seu lado!

BUCK

Está bem, Milo, isso está combinado

MILO

Mas assim, amanhã vou dar a você trezentos dólares, e 38 centavos para uma garrafa de vinho barato que você pode beber deitado em cima de um monte de feno depois do último páreo

BUCK

É, vou beber num monte de feno depois que as corridas terminarem, vou ficar olhando os jóqueis irem embora de Cadillac, e os aviões aterrissando em Idlewild

MILO

Isso mesmo, garoto, e os aviões aterrissando em Idlewild com toda aquela grana nos céus

BUCK

Por que você não pode ir comigo amanhã?

MILO

Amanhã é sábado, estou escalado para o trem de Montauk, o velho 38, vou até Montauk e volto

SLIM

Eu vou trabalhar no trem local para Huntington

VICKI

Quer com a gema mole ou dura?

MILO

Como você quiser, querida, eu vou estar duro, você, macia

BUCK

O que aconteceu com aquela modelo que ia ser fotografada pelo Filipino que nós vimos na semana passada?

TOMMY

Quem é essa?

MILO

Ah, eu conheci aquela garota chinesa, eu não a via desde

TOMMY

Que garota chinesa?

MILO

Ela ficou com minha vitrola, ficou com tudo, levou o "Wee Small Hours", meu gravador de rolo........ Cara, eu não devia ter feito aquilo, aaahhh

JULE

Quer que eu vá na rua?

BUCK

Você faz isso?

TOMMY

Vai, cara, vai, vou ficar por aqui

MILO

(CANTANDO) Que dia lindo, que belo dia, eu estou sentindo, que hoje é meu dia, estou com esse guardafreio de orelha de cachorro de El Paso Texas, de dois metros de altura que me olha do lugar mais alto de montanhas geladas tão enrolado em seus próprios suspensórios, tem grande chance de você, Slim, estar ferrado, meu chapa

SLIM

Acho que estou

MILO

Eu peguei você, rapaz, peguei você... Agora você não pode se mexer daí... Só tem um movimento que você pode fazer, mas não vou dizer qual é, claro, e eu sei que você pode descobrir qual é em pouco tempo mas não vou dizer qual é

BUCK

Neal ganha o campeonato mundial? O primeiro jogo da final? Mas e esse bispo aí

MILO

Hein? que bispo?

BUCK

É, é um xeque-mate

MILO

É um xeque-mate mesmo

JULE

É assim que a bola rola

MILO

(TIRANDO DE UMA VEZ AS PEÇAS DO TABULEIRO) Vamos simbora!

SLIM

Espere aí, espere um minuto, espere um minuto, bote elas de novo onde estavam, tive uma idéia, eu não estava em xeque-mate aí... Se você botar o cavalo onde ele estava para me mostrar a posição, você não botou, mas eu sei onde ele estava – se o cavalo estivesse de volta ali.... onde ele estava, ponha de volta no lugar

MILO

Aqui?

SLIM

Não não, do outro lado... ah, estava mais perto... o cavalo estava numa casa preta, o bispo estava ali

MILO

O bispo estava ali?

SLIM

O bispo não estava ali?

BUCK

Como você pode saber agora?

MILO

Vamos simbora para o jóquei e Lazy Charley vai assumir o comando (E AQUI MILO COMEÇA A GUARDAR AS

PEÇAS NO SEU LUGAR NA CAIXA) na hora que a gente chegar lá tem os seus ovos maravilhosos, macios e gostosos (QUANDO A GAROTA TRAZ OS OVOS) hummm, igualzinho à xotinha da minha garota, ôoou!.... E agora escute aqui, Buck meu velho, velho maluco fiadaputa, não vai se embebedar hoje com esse v-i-n-h-o, rapaz, porque a gente tem – quem tem um cigarro, os meus acabaram – a gente tem que ir lá, a gente tem uma coisa a fazer *hoje*

BUCK

Terminou a garrafa, Jule

JULE

Aqui

BUCK

Tudo bem, sobrou um pouco

JULE

É melhor você beber, é melhor você beber, é melhor você beber (CANTANDO)... hum... e é Oh, o maior, o maior, o maior...

(JULE SAI, FECHA A PORTA. ELE SAI PARA COMPRAR O VINHO)

MILO

Manteiga, manteiga! cadê a manteiga! Não tem pão por aqui? Não tem nenhuma corista por aqui, ou algo assim? Será que tenho de correr lá nos Jogos Olímpicos e fazer o salto em distância sozinho..... à procura de seus olhos eu estava, em Akron, de um vislumbre de seus olhos.......

SLIM

Eu vou pegar a manteiga... Vou pegar a manteiga aqui e botar com muito cuidado, e comer bem devagar, vou comer este lado do prato

MILO

Não vá invadir meu território enquanto eu como deste lado do prato, meu chapa, a não ser por um pouquinho de gema aqui

SLIM

Bem, você pode ficar com essa gema mas eu fico com o biscoito

MILO

Que biscoito! Droga, ah, seu cachorro, bah!.... Então rapaziada, a gente não tem muito tempo (OLHA PARA SEU RELÓGIO)... Qual a hora no seu aí, Slim... A gente está atrasado.
(OS DOIS OLHAM PARA SEUS RELÓGIOS) Seu relógio está certo?

SLIM

Para mim, quarenta e dois

MILO

Para mim, quarenta e um e trinta.... droga.... quarenta

e um e quarenta e cinco.... qual está certo e qual está errado.... Café, ah, café, *glup*, uhm, está bem quentinho daquele jeito abençoado que eu adoro, Tommy, café, você está só fantasiando e desperdiçando energia quando tenta adivinhar os cavalos, está perdendo seu tempo rapaz, eu estou falando do Lazy Charley, ele está *certo*

TOMMY

Escute aqui, cara, antes de você nascer eu já jogava nos cavalos, não se esqueça disso, sou muito mais velho que você

BUCK

Você já ouviu a história daquela vez que Tommy e Denis apostaram nos cavalos, Milo, Tommy tinha que entregar uma estátua de Buda em Riverside Drive em um tipo de saco de marinheiro e ele queria apostar na primeira acumulada e por isso correu, depois de fazer a entrega ele correu para o jóquei a tempo e encontrou Denis lá com umas bonequinhas bem bonitas e eles viram aquele cara baixinho correndo pelo meio da multidão com aquele saco enorme e vazio nas costas e a garota se vira para ele e diz: "O que o Tommy está fazendo com aquele saco *enorme*?" e Denis diz "Tommy tinha tanta certeza dos vencedores de hoje que achou melhor trazer um saco bem grande"

MILO

Bah

BUCK

E a garota acreditou

SLIM

Um saco grande para botar toda a grana, hein?

BUCK

E a garota acreditou

TOMMY

Não foi bem *assim*

MILO

Mais manteiga? Então tá, vou comer... epa, epa, espere aí um segundo que diabos você está querendo dizer sobre a hora? Agora são quarenta e três, não é isso..., pelamordedeus só escuto esse papo de Hora e de Deus por aqui.... Siiim senhor.... Isso sim, nunca vi desse jeito, com peitos assim, coxas assim, uns quadris assim, suculenta e sensual desse jeito

TOMMY

Quem é essa?

MILO

Estou olhando para uma foto no jornal aqui, suculenta e sensual, é assim que eu imagino que seja, a estrela cadente da misericórdia devia ter um rosto triste, hein?

BUCK

Aqui tem outra, AH ela é uma beleza mesmo, não é?

(OLHANDO PARA O JORNAL POR CIMA DOS OMBROS DE MILO)

MILO

Onde onde?

BUCK

Já passou

MILO

Ah *cara*, vamos comer.... vamos comer.... e agora (SE ESPREGUIÇANDO) e agora... meninos... vamos acabar com essa bobagem... pouco tempo, são quarenta e três e trinta agora, gente, vamos embora?

BUCK

E Jule?

MILO

Ele não vai pro hipódromo, eu agora tenho exatamente vinte e oito minutos para chegar lá a tempo, e antes passar para encontrar uma garota bem gostosa que quero que vocês vejam no caminho, que vai deixar a gente *limpos* ou talvez menos que isso, teremos cerca de, aah, não sei, se ela estiver, a gente vai ter talvez um minuto (DERRUBA CINZEIRO NO CHÃO E O APANHA)... Errr, mas rapazes, ficar aqui na cozinha de Jule Chauncey, estamos perdendo tempo neste *ostracismo*, temos que pegar a estrada, agora... Isso mesmo, estamos prontos para partir? Hum, e ei, olha só para esta aqui, olha só que piteuzinho – viu o vestidinho? agora, que idéia essa de *Manuel*, Buck, o cara que você quer levar com a gente para as corridas, Buck, o sujeito que você quer levar para as corridas com a gente, agora a gente vai se atrasar para chegar lá, e precisa –

BUCK

Manuel é um cara muito legal

MILO

Quero dizer... não vai dar para ver a menina se a gente tiver que apanhar o cara

BUCK

Eu garanto, eu sei

MILO

Está bem, *cara*

BUCK

Por que você não gosta dele?

MILO

Ele é um dessas caras, sabe, que não fazem nada por você

BUCK

Por quê? acham que ele é mau e grosseiro, mas Manuel é um grande poeta, um garoto muito legal

MILO

Você pode achar o que quiser, mas eu não entendo ele

BUCK

Por que, porque ele está sempre gritando? ele fala desse jeito

MILO

Não é isso..... é só que, cara você não me conhece, eu sei, eu já conheci ele – mas –

BUCK

Ah ele é um garoto legal, ele não é – ele é nosso *amigo*

MILO

A sou-cie-ei-da-di dos amigos

BUCK

Certo

MILO

Eu estou vendo que a gente tem aqui... onde foi todo mundo?.... Ei, você pode se sentar aqui que eu me sento ali, então vamos sair, vou ver minha gatinha e apanhamos o M-a-n-u-e-l para ir ao jóquei com a gente e temos tempo justinho Tommy para uma – mas agora espera aí um instante.... temos três minutos, dois e meio no máximo, agora o que precisamos é outra flauta para Buck – agora espera um instante aí

TOMMY

Tenho uma aqui

MILO

Bem, tem uma, agora vamos lá – vamos fazer um trio, eu já contei a vocês sobre – Havia um sujeito de Canute (ELES PEGAM SUAS FLAUTAS) que tinha um monte de pereba na vara, ele jogou ácido nelas, e agora quando ele mija, tem que usar os dedos pra segurar a vara como se fosse uma flauta? Eu já contei essa a vocês

(TODO MUNDO RINDO E DOIDÃO)

Nunca tinham ouvido essa? A gente já, também podemos ouvir o trio, e vamos trocar – Agora você toca a flauta branca, Buck fica com a preta, eu toco a flauta de barro por um minuto, e então você pega a de barro e vamos passá-la na roda, girando, sabe, para a gente não brigar por causa da qualidade do instrumento. Sente só! Sente o quarteto, o Beethov – vamos lá, quarteto de cordas, cara – este é um trio de clarinetes, você entende (TIRAM SONS EXPERIMENTAIS DAS FLAUTAS)

TOMMY

Vamos dispensar essa habilidade aqui

MILO

Quem vai avaliar a habilidade é a Vicki

TOMMY

Ela está ouvindo?

MILO

Não, nós não, a gente quer só um trio aqui...

TOMMY

Uma ajudinha aqui

(SLIM BATUCA NO FUNDO DE UMA PANELINHA)

MILO

Escutem, para um verdadeiro som viajandão de erva, cara, você não pode ter nenhum – é melhor fazermos como um quarteto de cordas, sem nada sincopado, está vendo, e a gente vai simplesmente tocar e viajar, saca, como um quarteto de cordas, saca, mas ele vai fazer o solo dele, aqui, sabe, como ele acabou de fazer, o solo de bateria, saca – Vamos ter certeza de que estamos com tudo aqui (AJUSTA A CADEIRA PARA FICAR DE FRENTE PARA VICKI... PRIMEIRAS NOTAS, DESAFIOS DE FLAUTAS)

Ei, cara, quem está com a mais baixa tem que tomar cuidado para tocar alto e bem de perto para a Vicki conseguir escutar

TOMMY

Não escuto o que estou tocando...

MILO

Não, a sua dá pra ouvir, a sua é a mais alta, você senta assim, e Buck está praticamente na posição certa, ele pode se virar um pouquinho para aquele lado, mas eu vou ter que ficar virando para lá... Agora vamos tocar de novo, vamos tocar de novo (RINDO, UM RISO CONTIDO E ENLOUQUECIDO), eu não queria interromper e tudo isso porque vocês, caras......

BUCK

Bem como você diz, tudo vai para o mesmo buraco

TOMMY

Ei, eu preciso pegar uma garota para me incentivar

MILO

(TOCANDO FLAUTA) Isso foi, ah, isso foi incrível, comecei a pensar em encantadores de serpente e então comecei a pensar no, tut tut tut, e então eu tive que arrasar vocês todos com um grande solo poderoso, meu solo estava prestes a entrar aí nesse momento

TOMMY

Ah, os encantadores de cobras!

MILO

Prontos?
(ANUNCIANDO): Os encantadores de cobras do Sistema de Plantações Indiano....

(TODOS OS TRÊS TOCAM, E SLIM ESCUTA NA PANELINHA)

Clareza de tom!

TOMMY

Ah!

MILO

Uma qualidade

TOMMY

Sim, Sahib

(ELES TOCAM)

MILO

Devagar, criançada, mais devagar (ELES TOCAM MAIS DEVAGAR) Agora a gente troca! agora a gente troca!

(PEGANDO A FLAUTA DE TOMMY)

TOMMY

Ei!

MILO

A gente tem que se acostumar com todos os instrumentos

TOMMY

Ei, nossa, cara!

MILO

Não, como se nós – ei ei – vamos lá, vamos, música, isso sim (ENTREGANDO FLAUTA DE BARRO A TOMMY)

TOMMY

Qual é o furo certo aqui?

MILO

Este aqui, olha

TOMMY

Ei, para que serve este furinho pequeno aqui? Isto não é – que tipo de furo é este aqui hein!

MILO

Nunca vi um furo tão pequeno antes

TOMMY

É este o furinho pequeno?

MILO

É o furinho pequeno, os sete furos poderosos e as sete epístolas poderosas

(TOMMY TOCA)

Isso é só ar... Apenas ar soprando no vazio... O buraco é aqui... Aí mesmo

SLIM

Ei, Milo, estamos atrasados!

MILO

Vamo vamo (PEGA TABULEIRO DE XADREZ, PEÇAS, BÍBLIA E PROGRAMA DE CORRIDAS) Vamos lá, caras!

BUCK

Até logo, Vicki, até logo, a gente se vê depois. Estamos atrasados

VICKI

O quê?

BUCK

Atrasados!

(E ELES SAEM CORRENDO. DEPOIS DE CERCA DE DEZ SEGUNDOS A GAROTA SE SENTA NA CADEIRA E PÕE A CABEÇA ENTRE AS MÃOS E RI... ENTÃO A PORTA SE ABRE E SEU MARIDO JULE ENTRA)

VICKI

(ERGUENDO OS OLHOS) Milo estava atrasado

JULE

Atrasado!... Você sabe o que Buck disse...

VICKI

...você quer?

JULE

– beijar seu *ventre*! Claro, vou ver o que posso fazer para dar um trato em você hoje mais tarde....... E agora vou beber um copo de vinho..... Quanta areia tem de ser retirada do fundo oceano Pacífico cada vez que você derrama o suco da alegria na imensidão vazia do espaço, e isso não importa nada. (BEBE)

Segundo Ato

CENA UM

(PRIMEIRO PÁREO...... DE BRAÇOS DADOS, MILO NO MEIO, VESTINDO UNIFORME COMPLETO DE GUARDA-FREIOS E TEM OS DOIS BRAÇOS EM TORNO DE BUCK E DO NOVO COMPANHEIRO MANUEL E MANUEL ESTÁ DIZENDO:)

MANUEL

Vocês, hein, caras, me disseram que passavam para me buscar às doze em ponto e se atrasaram meia hora...

MILO

Meia-noite

MANUEL

Meia-noite? Você me disse, droga, que ia estar – é, eu sei, é tudo armação, tem armação em todo lugar, todo mundo quer me acertar na cabeça e mandar meu corpo pra baixo da terra!......... A última vez que tive um sonho sobre a verdade eram vocês, eram vocês, eram vocês dois, e apesar disso era muito mais com pássaros dourados, e todas as corças doces me consolavam, eu era o Consolador, ergui minhas saias de Divindade para todas as criancinhas que passavam, eu me transformei em Pan, toquei para elas uma canção verde e doce, embaixo de uma árvore, e vocês eram essa árvore.... Milo, você era a árvore! Agora eu vejo tudo, vocês não conseguem me acompanhar!

MILO

Bem, ah, está tudo bem, tudo perfeitamente bem, meu chapa, é essa fenda no tempo durante a qual você vê um pedestre ou um carro ou acontecer um acidente que está prestes a acontecer, não vai acontecer nada, você tem aquela fenda de tempo para sem dúvida dar a eles a absolvição, mas normalmente dez vezes em uma, rapaz, os corpos astrais deles já são coisas separadas e isso porque está tudo escrito lá em cima no salão onde eles fazem os ci-gar-ri-llos!

MANUEL

Argh! Milo, não agüento mais você, você só fala bobagem, incomoda meus ouvidos, isso não vai acabar nunca, eu desisto, estou fora... A que horas é o primeiro páreo, cara? nós estamos aqui!

BUCK

Manuel é um implicante! Manuel o Implicante! Um desses caras que gosta de implicar com a turma, você sabe

MILO

A gente já perdeu o primeiro páreo, graças a todos esses vários acontecimentos..... É óbvio que não vamos poder apostar na primeira acumulada

BUCK

E quem é que vai querer mesmo apostar na primeira acumulada? Não vale a pena, nunca compensa, é uma chance de cem para um, de cinqüenta para um de acertar dois vencedores seguidos, e em geral isso paga no máximo uns sete para um

MANUEL

Acumulada?

MILO

Isso aí, acumulada.... mas por falar nisso – tipo – vamos voltar aqui, pra esse cavalo, eu vou dizer a vocês agora, quer dizer....ah, isso, eu estava falando, o cavalo que era a terceira força pagou seis dólares na aposta de terceiro lugar* ontem, de três a cinco dólares, e pagou cinco dólares no terceiro lugar duas vezes, e depois quatro três vezes, um pouco menos de quatro, por volta de três, vinte, quarenta centavos *duas* vezes, o dinheiro entrou o dia inteiro, primeiro, segundo e terceiro *o dia inteiro*, agora vocês estão entendendo o que isso significa?

MANUEL

Números! números!

* Nos Estados Unidos, o sistema de apostas nos cavalos é diferente do brasileiro. Aqui, temos a aposta no placê, que paga ao apostador se o animal escolhido chegar em primeiro ou segundo. Nos Estados Unidos, pode-se fazer aposta semelhante, mas que premia se o cavalo chegar até a terceira posição. (N.T.)

MILO

Olhe só você, agora, a gente está aqui nas corridas, pára com isso, agora o que a gente deve fazer mesmo que vocês dois não acreditem em mim, eu imploro que vocês vejam e entendam – Vou dizer o que vou fazer – Vou jogar no vencedor o dia inteiro, de acordo com o sistema de Lazy Charley, terceira força – Então, Lazy Charley, então você entende Manuel ele era um cara experiente que estava apostando nesse sistema e quando ele morreu foi encontrado morto no jóquei, bem aqui na sede, com quarenta mil em pules vencedoras no bolso do paletó, o que significa que naquela época ele estava apostando pesado e estava mesmo influindo no valor dos prêmios, é por isso que Deus tirou a ele logo logo dessa terra porque ele ia perturbar a ordem

MANUEL

Mas eu só tenho três dólares

MILO

Isso vai ter sua hora...

(E ELE RETIRA OS BRAÇOS DO REDOR DOS DOIS CAMARADAS)

Cara, quando eu ganhar grana de verdade, vou começar a construir mosteiros e retiros samsáricos e dar notas de cinco dólares para vagabundos que merecerem numa viela suja e na verdade até para pessoas nos bondes então vou comprar um Mercedes Benz caro e descer até a Cidade do México naquela auto-estrada de El Paso fazendo mais de 250 por hora nas retas e cara você *sabe* que isso tem que ser em marcha lenta porque quando você chega na curva tem que reduzir para 120, 150 e ele vai derrapar pela curva, tem que segurar *no freio* para não bater de lado, *isso mesmo*! Agora olha só o que a gente vai fazer, eu jogo no vencedor, Manuel no placê e Buck no terceiro, o dia inteiro na terceira força

BUCK

Mas eu não tenho dinheiro nenhum, só 35 centavos...... não vou *apostar*, não tenho grana..........Vamos pegar uma cerveja, alguém me paga uma cerveja....... É cerveja e beisebol e cachorro-quente

MILO

Agora espera um minuto aí, cara, o terceiro favorito na pedra significa que vou apostar em, ah –

MANUEL

Vou apostar no número nove! É um número místico! É o número místico de Dante!

MILO

Nove? Nove? Mas esse azarão está pagando trinta para um.....

Olha só uma coisa, meu velho, está vendo, a gente está aqui no jóquei e as bandeiras estão tremulando nos mastros e a sirene vai tocar, agora estamos sozinhos aqui e prontos e eu tenho uma chance de falar sério com vocês, e contar umas coisas pra vocês, eu quero que vocês *saibam* como ganhar nos cavalos

BUCK

Como está indo seu cavalo, qual sua terceira força no segundo páreo?

MILO

Onde? o quê? agora é o seis, está vendo, mas claro que isso tudo pode mudar num passe de mágica

BUCK

O que você queria me dizer quando a gente saltou do trem?

MILO

Eu estou me sentindo tão bem, Buck, Manuel, estou me sentindo *tão* bem nesta tarde maravilhosa..... nós estamos aqui e vamos ganhar uma grana e conversar – ei, cara, você não pode esconder essa garrafa aí um pouco melhor – nós vamos –

BUCK

É só uma garrafinha, está quase no fim...... está bem, vou acabar com ela e jogar na lata de lixo

MILO

Isso mesmo, vou comprar uma cerveja pra você...

BUCK

Vamos ficar bem respeitáveis bebendo de sacos de papel, não vamos

MILO

Isso mesmo, meu velho, e *esta noite*, quer dizer, depois que a gente acabar de apostar e de ganhar aqui –

BUCK

Ei, olhe só para a pedra, agora é o sete, ele mudou para o sete!

MILO

Isso mesmo, é sete, sete vezes sete são quarenta e nove vezes que feriram meu irmão, vamos ficar aqui perto do guichê e entrar naquela fila quando a campainha de aviso tocar, Mannie você vem com a gente

BUCK

Quanto você perdeu nos dois últimos dias?

MILO

Nos últimos dois dias, cara, eu estou com um prejuízo de cinco mil agora

BUCK

Cinco *mil*! Isso não é toda a grana que você recebeu por ter quebrado a costela? O que... a sua mulher está achando disso?

MILO

Ah, é claro que ela não sabe disso e não quero que vocês contem a ela sobre isso, eu tenho aquilo de que ela gosta bem aqui dentro das minhas calças, eu carrego a alegria no bolso

BUCK

Está bem, deixe eu ver

MILO

Ela entrou, está ali, está ali, está ali

BUCK

Olha, Milo, você sabe que as coisas ainda podem mudar, mas espero que fique em sete porque você sabe que esse garoto monta bem, Valenzuala, esse garoto mexicano esperto sabe pilotar um cavalo, cacete, que pulso firme esses carinhas têm... você sabe quando eu era criança costumava ir às corridas com meu pai e meu –

MILO

Está bem, meu chapa, agora escute aqui, vamos esperar aqui no balcão do bar enquanto os apostadores vão para essas filas em pânico, vamos esperar até os cavalos chegarem na reta final, e aí campainha vai tocar e eles vão correr e se empurrar e se enfileirar, e por aí vai, a gente só espera até o último minuto tranqüilos e quietos como o velho Lazy Charley, ninguém vai nem olhar para os cavalos de verdade, mas vamos saber tudo sobre os números, sabe, os números astrais..... Agora você pode fumar seu charuto e arrastar os pés, é

BUCK

Ei, olhem lá, por cima da multidão, e aquele tanque de gás gigante de Jamaica depois dos telhados lá longe, é o Hipódromo Jamaica Long Island Nova York mas sem dúvida é um formigueiro no Nirvana, não é...... Aqueles carros lá naquela estrada diminuta são menores do que eu consigo acreditar, é um....... truque espacial! E olhe só para esses jóqueis!

MILO

Tudo certo, rapazes, agora vamos nos preparar aqui assim que terminarmos esta cerveja... Mas estou preocupado com esse azarão 6, apesar do sistema de Lazy Charley, Matchstick, você sabe, ganhou de Burning Bush aqui na terça passada, não gosto disso...

BUCK

Como você sabe que não gosta?

MILO

Ah, bem, é que eu dei uma olhada aqui no programa de Tommy

BUCK

Por que você se preocupa tanto, só aposte na terceira força, é o sistema de Lazy Charley, só isso

MILO

Bem, é isso o que eu estou tentando dizer a você

(POR ENQUANTO, MILO TEM UM ASPECTO LIMPO E ARRUMADO, É O PRIMEIRO PÁREO, E TODO MUITO ESTÁ MUITO BEM VESTIDO E NÃO HÁ SUJEIRA NO CHÃO DO PALCO, TODOS PARECEM MUITO FELIZES, TODOS ESTÃO DE PÉ, PRÓXIMOS, TODOS ESTÃO FALANDO)

Agora Buck, droga, eu estou tentando dizer a você para ficar firme com a terceira força? claro! Eu não estaria num prejuízo de cinco mil se tivesse feito isso, por isso eu queria que você viesse comigo hoje Buck e me fizesse andar na linha

BUCK

Tudo bem, Milo, vou tomar conta para você não sair do seu sistema

MILO

Isso mesmo, Buck agora você está entendendo, esse é todo o segredo e o motivo por que eu estou trazendo você é porque você tem que fazer com que eu me prenda ao sistema

BUCK

Isso mesmo, eu sei qual é o problema com você –

MILO

Isso mesmo, estou preocupado com aquele número 10, é Candle Heart, rapaz, ele pode fazer uma milha em um e trinta e seis, e ultimamente andou correndo em excelente companhia por aqui também

BUCK

É, mas tudo bem, esse não é o seu sistema

MILO

Exatamente, meu chapa, meu camarada, exatamente, é só a gente seguir em frente e esquecer desse cavalo não é

BUCK

Isso mesmo

MANUEL

Eu vou apostar no número nove. Sinto algo e tive uma visão sobre o Número Nove! É o número místico de Dante!

MILO

Ai, eu só preciso agora de um pouco de bom senso aqui para garantir que eu não desvie do meu sistema........... Não sei por que trouxe esse Manuel pra *cá* (FALA DE LADO PARA BUCK)

BUCK

Isso mesmo, meu chapa

(E MILO PÕE OS BRAÇOS EM TORNO DOS DOIS, DEPOIS DE TERMINAR A SUA CERVEJA, E DIZ:)

MILO

Agora a questão toda desse negócio todo é que eu preciso recuperar esses cinco mil dólares para poder dispor de capital de giro aqui sabe porque aí vou poder aumentar as apostas para cinqüenta ou cem por páreo e aí, meu caro, eu vou começar a meter a mão na grana de verdade, vou ganhar mais do que se pode imaginar, mais que a profecia de Charley, é aí que vou começar a ganhar dinheiro de verdade – Ei, como estão as costas do meu paletó? Tem uma escova aqui, você se importava de limpar, para tirar qualquer sujeira das costas do meu paletó, tem alguma sujeira?

BUCK

Um pouco

MILO

Limpa aí (BUCK ESCOVA) Valeu, meu chapa, agora vamos ver, tem um cigarro aqui para você manter as nossas mãos ocupadas – alguma sujeira nos meus sapatos? você está com aquele seu lenço aí, se abaixa aí e esfrega esses meus velhos sapatos pretos de ferroviário, rapaz, eu preciso parecer bem limpo, aqui, agora está claro como o dia eu estou vendo aqui na pedra que o sete vai largar como terceira força, é esse o nosso cavalo, certo?

BUCK

Claro

MANUEL

Vou jogar no nove!

MILO

Manuel, o que você devia fazer é apostar o dia inteiro no mesmo cavalo que eu em todos os próximos sete páreos, mas jogue no placê, porque você está vendo que o 6 é um azarão e esse 10 voa, cara, eu já vi aquele jóquei idiota que vai montar o número 10 hoje ser derrubado por ele há duas semanas e mesmo assim ele chegou na frente, sem jóquei, com mais de dez corpos de vantagem.... sabe, Manuel, por falar em seus números místicos, eu também tenho sonhos

MANUEL

Sonhos?

MILO

É, só mais um detalhezinho, hoje, e antes de a gente ir e fazer nossas apostas e como eles vão tocar essa campainha logo eu vou dizer a vocês, e como eu acabei de receber ontem você escute aqui agora, cara, eu tive um sonho que esse joqueizinho o Pulido, você sabe, Pulido, aquele cara que você conheceu no padoque aqui, Buck, há um tempo atrás, por que, ele –

BUCK

Você está falando do jóquei que vai montar o número nove. O cavalo de Manuel, ele foi legal com o filhinho do proprietário, eu me lembro dele outro dia, um garoto mexicano bem legal, sentado no cavalo olhando para o público enquanto passava em frente às arquibancadas

MILO

É, ele está em um – Ah, no meu sonho, tinha uma locomotiva antiga que dá a volta na pista, mas para o lado errado, entende, está muito na frente e no meu sonho o páreo vai daqui do prédio até o fim da reta, ao contrário, e o que acontece? Bam! Assim que eles atingem a linha de chegada, indo para o lado errado, ele está na ponta, e a droga daquele maldito trem explode, isso mesmo, cara, explode, e Pulido cruza a linha de chegada sozinho!

BUCK

Cara, ele ganhou mesmo essa!

MILO

Isso mesmo, isso mesmo, o que é que eu estou tentando dizer a vocês, e como recebi meu salário ontem eu pensei em só por desencargo de consciência fazer uma apostinha no Pulido em todos os páreos

BUCK

Mas isso foge do seu Sistema Charley

MILO

Bem... como.... esse... sonho... evidentemente... pressupõe... você não acha, Manuel, que ele pode correr três quatro talvez cinco meses ou mesmo dois, fazer com que eles ganhem a qualquer preço? E ele está montando... está montando... está montando o *nove*! Esse é o cavalo de Manuel e olhe só o nome, cara, o nome do cavalo, *O Piloto*, está vendo, é o sonho

BUCK

Mas isso foge do seu sistema!

MILO

Mas como digo foi um dia extra-especial, você tem que admitir, Buck –

BUCK

Espere um minuto aí.... Se você não seguir seu sistema,

o que você vai fazer? Quanto tempo demorou para você perder esses cinco mil dólares?

MILO

Não, nada, ah, nada, ah – esse é só o primeiro sonho que eu tive, claro, meu querido, você sabe, eu tenho sonhos o tempo todo, eu perco dinheiro, e ninguém tem dinheiro nenhum, é assim que funciona...

BUCK

É

MILO

E as entidades desencarnadas, eu vou até o guichê de apostas, como eu contei a vocês tenho minha terceira força, por exemplo o Número Um, eu vou até lá e quando estou prestes a dizer "dez dólares no Um, no vencedor" ouço uma voz dizer *Número Dez*, e eu saio de lá com uma pule do Número Dez!

BUCK

É é é é é é é é

MILO

Espíritos, é claro, circulando por aí à espera para possuir um corpo humano o mais rápido possível e conseguir essa oportunidade valiosíssima como você sabe e você mesmo me contou sobre como as chances de renascer como ser humano são pequenas, que aquela tartaruga morta que nada pelos mares infinitos por toda a eternidade e de vez em quando aparece e bota a cabeça para fora da água –

BUCK

É, o laço flutuante –

MILO

... armadilha flutuante como diz Buda, quais as chances dessa tartaruga aparecer bem na hora que o laço esteja bem sobre a sua cabeça? Uma em um trilhão? Que probabilidade! Você percebe que esta é nossa chance de renascer como ser humano para aperfeiçoar a oportunidade anterior, talvez tenhamos que perder e sofrer um pouco neste mundo por isso vou fazer uma apostinha extra nesse jóquei do meu sonho e vou apostar na minha terceira força que aparentemente vai ser o Número Seis então vou agora lá até o guichê... E o ar está cheio de discos, não é, olhe só para esses discos e para os discos voadores lá no alto

MANUEL

Onde?

BUCK

Essa pista mesmo que eu vejo quando olho agora para ela, lá longe, além das pistas, eu vejo os carrinhos descendo pelo velho litoral – um formigueiro no Céu

MILO

Então formigas, e amigos, como posso saber que não há uma entidade amiga que quer me dizer quem vai vencer... cara, quando escuto essas vozes eu não quero nem saber, quero dizer, eu ouço mesmo essas vozes e tenho de prestar atenção nelas

BUCK

Supondo que elas fossem entidades *malignas* tentando fazer você perder já que você tem tanta certeza de que esse sistema de terceira força foi revelado a você para editar e revisar seu carma, saca, trazer ele de volta!

MILO

Cara eu estou dizendo a você, eu não – escuta – (A CAMPAINHA DE AVISO TOCA) Olhem lá, vejam. Agora a terceira força é o sete, mudou no último minuto – A terceira força mais óbvia e clara que já vi – Droga, você tem um lenço velho que eu possa – ? – espera um minuto, está bem –

BUCK

Olha, tem um programa aqui! (PEGANDO UM DO CHÃO)

MILO

Bom, não faz sentido desperdiçar 25 centavos numa dessas porcarias

BUCK

Me compra outra cerveja quando eles largarem, ahm, assim que você acabar de fazer sua aposta

MILO

Cara, eu tenho exatamente vinte e uma notas de 10 dólares, isso dá para oito corridas –

BUCK

Está bem

MILO

– sete... Não quero trocar – não quero ficar cheio de troco e depois ver que faltam sessenta centavos e não conseguir apostar para aproveitar todo aquele percentual potencial cara no oitavo páreo, vai ter que dar

BUCK

Manuel, você me paga uma cerveja?

MANUEL

Claro, meu chapa

MILO

Vocês esperem bem aqui, meus caros

MANUEL

Eu vou com você!

MILO

Tudo bem eu já volto

(ENTÃO MANUEL E MILO VÃO ATÉ O GUICHÊ E FAZEM SUAS APOSTAS E VOLTAM JUNTOS)

BUCK

Em quem você apostou?

MILO

Na terceira força, é claro

BUCK

Mas você está com três pules aí, deixe eu ver

MILO

Quatro

BUCK

Quatro pules?

MILO

Bem, eu cheguei à conclusão que devia apostar nesse jóquei do sonho e também tinha minha terceira força do Lazy Charley e eu estava preocupado com aquele número 10 e com o outro, o 6.......

BUCK

Não vá investir em sonhos e profecias, cara! Profecias, ah, *gente*.....

MILO

Só fiz uma apostinha naquele cavalo sobre o qual Tommy estava falando, eu achava que ele podia criar problemas

BUCK

Tudo bem, tudo bem... como é que você pode seguir o Sistema de Lazy Charley, você não vai lucrar nada assim, se é que vai ganhar alguma coisa

MILO

Tem sido sempre assim, cara

BUCK

Bem, é assim que você perde cinco mil dólares, por que você não se controla!

MILO

(SUSSURRANDO) É isso o que eu estou tentando – o próximo páreo – ei, olhe só para o Manuel, ele está voltando com sua pule, apostou no número 9

BUCK

Mas Milo, você me trouxe aqui para que eu não deixasse você sair do seu sistema!

MILO

Isso mesmo, meu velho, e você está indo muito bem!

BUCK

Não estou indo tão bem assim, você está meio que – por que está tão resignado com sua própria loucura!

MILO

Toda noite eu rezo para me manter firme nessa terceira força, isso eu garanto a você

BUCK

Bem, por Deus, eu não sei –

(A CORRIDA COMEÇA, "FOI DADA A PARTIDA!" E

"BURNING BUSH ASSUME A PONTA, E"... ESSE NEGÓCIO TODO, VOCÊ SABE COMO É UMA CORRIDA)

MILO

Olha, eu falei!

("E NOODLES TOMA A SEGUNDA POSIÇÃO A UM CORPO DE DISTÂNCIA DO PRIMEIRO", E TODOS OS VÁRIOS CAVALOS):

Pulido! Pulido! Meu jóquei do sonho vai conseguir!

("CRUZAM A MARCA DOS OITOCENTOS METROS", E POR AÍ VAI, ENTÃO O PÁREO TERMINA, E VOCÊ TEM TODAS AQUELAS COISAS NO PALCO, E POR AÍ VAI:)

BUCK

Bem, Milo, esse seu cavalo, nos meus sonhos, ele vai ser trazido sob a luz

MILO

Bom! Quando a terceira força chega em terceiro naturalmente é como devia ser, certo? Ao ver como ele era a terceira força ele deveria ser as terceira opção para a satisfação do público, bom Deus, cara, deixe que ele perca *tudo* o que ele quiser, quanto mais ele perder, mais forte eu fico, porque depois *disso* as probabilidades ficam do meu lado

BUCK

E o seu número nove, Manuel?

MANUEL

(SURPRESO) Como assim?

MILO

Escute, conforme as terceiras forças vão perdendo, minhas apostas aumentam, então quando ele vencer eu ganho mais, *recupero* tudo o que perdi e ganho *mais*

BUCK

Está tudo nos números

MANUEL

É impressionante, alguns números misteriosos podem aparecer para mim outra vez, talvez novamente o nove, é como a roleta, o apostador, você sabe, Dolgoruky continuou apostando tudo o que ele tinha em um número e quebrou a banca, e eu vou ser como Dolgoruky, não ligo... Olha só, Milo, Buck, se eu perder, é porque sou um vagabundo, e se sou isso... é porque sou lixo, e se sou lixo é porque a lua brilha sobre o lixo! Brilha sobre o lixo! Devore meus bebês!... Porque você sabe que todo dia um poema surge na minha mente e ele se transforma em um poema elevado, é exatamente assim como eu estou dizendo......

MILO

Tudo bem, tudo bem, poesia, poesia, isso é bobagem, meus chapas, precisamos ganhar alguma grana hoje aqui e agora... Isso aqui não está nos levando a lugar nenhum... *aquele* pangaré....

(NESSE INSTANTE UMA VELHA SE APROXIMA DOS TRÊS HOMENS EM CENA, ELA TEM OLHOS AZUIS GRANDES E VAZIOS E CABELOS GRISALHOS NA VERDADE CABELOS DE PIONEIRA PRESOS EM UM COQUE, ELA PARECE UM RETRATO DE GRANT WOOD, VOCÊ ESPERARIA VER CELEIROS GÓTICOS POR TRÁS DELA. ABSOLUTAMENTE SINCERA... ELA DIZ PARA MILO:)

MULHER

E aí Milo, aposte no três e me dê meio, não tenho dinheiro, está bem? Aposte dois dólares e, se ganhar, me dê meio dólar

MILO

Você quer dizer três no terceiro páreo? esse azarão, ele não vai ganhar

MANUEL

Quem é ele? quem ela? Toda essa gente *louca* por aqui!

MILO

Ah, cara (RINDO, CONFORME ELA SE AFASTA), eu conheço ela há muito tempo.... eu é que costumava pegar dinheiro emprestado com *ela*.....Sabe, eu trago toda essa gente para cá no trem que vem pro hipódromo e tenho que ter algum tipo de relacionamento com eles, e, ah, e consegui umas barbadas com ela uma vez e com aquele jornaleiro aleijado ali.... Sabe depois do oitavo páreo a gente tem que correr pra diabo e voltar para o trem para que eu possa dar o sinal para o maquinista e a gente voltar para Nova York – Agora a gente está aqui no terceiro páreo, claro, você sabe que a sétima força sempre chega entre os três duas vezes por dia e, ah –

MANUEL

(OLHANDO AO REDOR) O que são todas essas pessoas *malucas*?

MILO

Sabe, Manuel, se você quer ganhar alguma grana hoje é melhor você *me* acompanhar, não ligue para seus números místicos, agora o cavalo óbvio neste terceiro páreo é a terceira força mais clara e evidente que eu já vi por aqui, pagando seis para um, é o Velho Número Dez!...

MANUEL

Número *Dois*! *Esse* é meu número favorito!

MILO

Número dois, além de ser um azarão, vai ser montado por um jóquei que *vive* caindo!

BUCK

É... Eu mesmo fico examinando esse programa de que eu finalmente me apropriei no chão em busca de dicas estranhas como esse cavalo aqui, Classic Face, filho de Manuel Champion com Erwina, ou procuro dicas estranhas como Vovô Buck! ou O Sonhador!... Olhe este aqui, é estranho, Cana da Noite, heh, heh, que deve significar a época em que eu estava em cana ou algo assim.... Você pode pensar em milhões de apostas possíveis.... Do jeito que estamos agora vamos acabar encontrando lugar para ficar só na parte mais alta e não vamos conseguir ver o starting gate, você sabe que ele fica lá em baixo, eu quero ficar perto da cerca, cara, Vamos lá pára baixo na cerca para eu poder explicar para Manuel sobre como os cavalos – mostrar onde fica o juiz, como ele aperta o botão que toca o sinal de largada e abre as portinholas do starting gate e eles largam dali, cara, e cuidado com esses jóqueis, todos eles tem um chicote de aço para bater nos cavalos.... Como Johnny Longden, ele é mais velho que nós três juntos! Ah, e coisas como essa que você está perdendo.

MANUEL

O Número Dois é meu número favorito! Ou isso ou eu volto para o Número Nove

MILO

Segue o sistema, cara! Estou implorando a você! Já contei a você sobre Lazy Charley, como ele foi encontrado com quarenta e cinco mil dólares em pules premiadas que não tinha descontado –

BUCK

Escuta, Manuel, Lazy Charley, sabe, só ficava sentado, bebendo café entre os páreos e usando provavelmente um *pince-nez*, e checava as cotações na pedra no último minuto e ia lá e fazia sua aposta e talvez às vezes exagerasse um pouco, está tudo nos números, a terceira força, o consenso da multidão reduzida a um terceiro nível que foi calculado matematicamente para vencer em determinada porcentagem de vezes que garanta ganhos de acordo com as perdas sofridas, aí você está no caminho para ganhar, ou está entediado, a menos que uma maré trágica de prêmios, ou perdas –

MILO

Isso mesmo, trágico! Agora ouça bem o Buck, Manuel, e você vai ganhar dinheiro!

MANUEL

Está bem, está bem, mas quero apostar no Número 2 nesta corrida porque é meu número da sorte..... Olha para esses cavalos, eles têm pernas tão finas, eles podem se machucar. Hein? eles podem se machucar....

BUCK

É.......

Segundo Ato

CENA DOIS

(ESTAMOS NO OITAVO PÁREO, TODOS ESTÃO DESALINHADOS. MILO TIROU SEU CHAPÉU AZUL DE GUARDA-FREIOS E O PALETÓ AZUL E ESTÁ APENAS DE CAMISA, AS MANGAS ARREGAÇADAS, O COLARINHO ABERTO, SEM GRAVATA, MANUEL ESTÁ DESALINHADO, TODO*MUNDO ESTÁ DESALINHADO, ELES ESTÃO ALI DE PÉ:)

BUCK

É... está vendo?

MILO

Agora, enquanto isso –

BUCK

Então do que vocês estavam falando, lá, quando a gente desceu do trem outra vez?

MILO

Me dá um cigarro, estou sem... Uau, eu só estava dizendo que há alguns anos não costumava sentir isso e mal valia a pena completar a frase e por mais que eu tentasse não conseguia, é isso o que estou dizendo, mas estou agora tentando contar a vocês, estão vendo, Edgar Cayce obtinha todos os seus poderes de uma provação enorme em uma vida passada quando ele foi um Soldado Romano, e foi abandonado, ferido de morte, com uma lança grande nas costas, cara, em uma planície, sem ninguém que o ajudasse, e ele demorou três dias para morrer e durante esses três dias ele aprendeu a resistir à dor e a satisfazer sua mente e encarar a morte paciente, sabe, é como quando o Bispo que esta noite vamos ver fala, os milhões de palavras que ele usa, uma paciência com o sofrimento duradouro..... Ah, nós tínhamos, com aquelas outras palavras que ele usa, como sinceridade no coração, e então quando, por exemplo, você pensa, mas – Ei, tem uma coisinha linda vindo ali....

(UMA LOURA PASSA)

BUCK

É – Mas como esses renascimentos acontecem? Quando você vai me emprestar esse livro?

MILO

Enquanto tiver uma coisinha como essa passando...

BUCK

Por que será que Deus simplesmente não entra em cena e pára o mundo com um estalo de dedos?

MILO

Vamos só dar uma chegada até ali e ficar perto dela, hein? Vamos lá, gente, vamos, Manuel, você é o cara das palavras, ela tem uma amiga, está vendo... está vendo a amiga morena? Olha só para aquelas saias apertadas, cara, e além disso, tipo, vamos lá, para a gente se dar bem! tipo, você passou o dia inteiro dizendo que estamos no Paraíso não foi, Buck, meu chapa?

BUCK

Isso aí, foi o que eu disse, foi o que eu vi

MILO

Me deixa ver esse programa!

BUCK

(DE PÉ ENCURVADO COM AS MÃOS NOS BOLSOS) Bem, daqui a pouco é o último páreo, o sol já vai se pôr

MILO

Agora, dois minutos para se encerrarem as apostas, e neste momento parece o Número 7

BUCK

É o Cossaco, não é? um jóquei bom, o Longden. Você sabe por que é que eu gosto do Longden? Uma vez ele ganhou uma corrida em que os próprios proprietários tinham apostado em seus cavalos e eu estava dependendo da decisão dos juízes e não sabia quem tinha vencido o páreo e que jóquei, eles estavam todos cobertos de lama naquele dia. E não tinha nada ali além de um grupo de mulheres com um grande troféu prateado esperando para receber o vencedor, e eu vi então o velho John Longden de repente *mais baixo* que todos os outros jóqueis ali no lugar reservado para o vencedor, 50 anos de idade e montando contra garotos de 20, cara, eu chorei, eu me lembro do velho Johnny Longden trotando pela pista em Rockingham 25 anos atrás, com Jimmy Stout, que morreu. Sabe, a alma de Jimmy Stout partiu,..... para onde ela foi, Milo?

MILO

Para longe, cara, e se ele não tiver pagado seu carma você sabe muito bem que ele está trotando lá em cima tentando voltar para cá para este hipódromo para expiar seus pecados em nome do Menino Jesus

MANUEL

Ei, caras, por que vocês não se concentram no jogo! A gente está aqui parado, só sai para ir ao banheiro e para comprar cerveja e cachorros-quentes e quando está quase na hora do último páreo a gente está aqui, esses personagens do jóquei que pareciam tão confiantes no primeiro páreo, olhem só para eles, agora, cara! Estão todos procurando dinheiro no chão, e não vão encontrar nada ali! Igualzinho às pombas agitadas de Chinatown, não há esperança, os pescoços já estão cortados! Eu não quero viver em um mundo como este! E olha só ele, agora, correndo por aí, e eles estão procurando *mulheres* e vão levar elas para casa ou algo assim, *cara*.... A gente devia ir embora sozinho – Vamos voltar para a Cidade dos Encantos! Eu continuo com a sensação de que quando Milo ganha na verdade ele perde e quando perde, ganha, tudo é efêmero, não pode ser agarrado com a mão, é *sofrimento!* O *dinheiro* pode ser agarrado com a mão, eu queria comprar para mim uma máquina de escrever nova com o dinheiro que eu tinha mas olha só! não há paciência na eternidade! eternidade! significando mais que todo o tempo e além dessa porcaria toda e para sempre! Milo, você não pode ganhar, você não pode perder, tudo é efêmero, tudo é sofrimento! É isto que sinto! Sou um jogador astuto... Mas não vou apostar no *Céu*! Esse é o valor exato do ensinamento que me foi dado por Cristo! ou Buda! ou Maomé! ou a Torá! Mesmo se ele tiver, no fim, um dia excelente, se todo cavalo chegar em primeiro e ele ganhar dinheiro você vai se virar e dizer "Buck, seu filho-da-mãe, se você tivesse arrancado dois míseros dólares desses seus jeans em cada páreo e tivesse feito o que eu falei, teria ganhado uma linda nota de cinqüenta esta noite". Para que uma nota de cinqüenta para Buck, tudo o que ele quer são 35 centavos! Mas é um de seus dias felizes, estou vendo isso. Estou vendo você, todo orgulhoso, dobrando e arrumando direitinho seu dinheiro no bolso, com as notas menores para fora. Nós vamos sair andando deste hipódromo e vamos passar pelo estacionamento, onde seu carro está estacionado perto de uma linha de trem, e vou dizer "Olhe ali a sua vaga, você estaciona ali todo dia", e você sabe o que vai me dizer, Milo? vai dizer "É, meu rapaz, e além disso, em alguns anos vai ter um Mercedes Benz no lugar daquele negócio ali". É um grande lago de sonhos!.....

MILO

Vamos fazer as apostas, o Anjo Gabriel acabou de fazer um discurso e o Arcanjo Miguel está de pé às nossas costas, está vendo como ele é alto?

BUCK

É, cara. Como ela está agora?

MILO

Quem, o Arcanjo? er, ainda um... Mudou do sete para o um, o favorito é pule de dez, a Segunda, paga cinco para dois e ele está pagando seis para um.... Agora, quanto a gente devia apostar nele, você calculou isso aí na ponta do lápis?

BUCK

Segundo Lazy Charley, 45 dólares, mas eu descobri que você precisa economizar uma pequena parte disso para o seu jóquei do sonho, o homem morto, e aquele outro velho cavalo encrenqueiro inoportuno sobre o qual você estava falando, (RISOS) começando a jogar errado nos cavalos com *você* agora... Pega outra cerveja para mim, está bem?

MILO

Espera aí, vou pegar uma cerveja para você

BUCK

Não aposta *demais*, vou para a fila contigo

MILO

Tudo bem, tipo, Buck, tudo bem, porque esta noite vamos até Huntington, vamos lá na minha casa, ouvir o Bispo falar, voltar para casa em dois carros, o dele e o meu, ele está trazendo duas tias, sabe, como eu contei...

BUCK

É

MILO

E, ah, espere até conhecer ele, um cara novo de apenas 28 anos, grande, cabelo preto comprido – sabe, ele fala com os olhos *fechados*, sabe, de vez em quando ele dá uma olhadinha para a congregação ali sentada naqueles bancos e todos eles estão quietos, você pode ouvir suas barrigas roncarem, às vezes ele estremece, libera grandes canções índias, sermões e – ora, merda, a mulher sabe isso tudo, ela envia – envia seus panfletos, e tudo isso... e...

BUCK

Manuel, e o *seu* panfleto?

MANUEL

Ainda tem uma folha no meu panfleto

MILO

Um sujeito legal

BUCK

(RI) Sempre apostando no número nove porque é o número místico de Dante, sabe, ele diz até que se ganhar vai comprar para ele uma máquina de escrever para poder escrever mais poemas

MILO

É... mas e se, e se eu apostar vinte nele?

BUCK

Não! Siga o seu sistema! Você deve botar 45, ou pelo menos quarenta e cinco na sua droga de polução aí com esse tal jóquei *do sonho*...

MILO

Vamos fechar em 40 dólares, para resolver de uma vez, cinco no número quatro, vencedor –

BUCK

Tipo essa é uma entidade en-carnada que está dando *este* conselho a você, eu não sou *des*-encarnado...

MILO

Tudo bem, gracinha, tudo bem

BUCK

E se ele perder pelo menos você vai ter jogado seu sistema quando voltar amanhã –

MILO

Você vai voltar e apostar para mim...

BUCK

Está bem, meu chapa

MILO

– e a única coisa que a gente tem a fazer agora é sentar e esperar e, cara, assim que esse páreo terminar temos que correr de volta para o trem porque, cara, essa *multidão*, estou de serviço, você sabe, assim que tudo isso.

BUCK

Onde estão os dois caras que trouxeram o trem, estão comendo na locomotiva ou o quê?

MILO

Não cara (RINDO), eles estão apostando nos cavalos, você não viu, eles estão usando roupas normais, você sabe. Eu vim para cá com meu uniforme mas eles se trocam, você sabe, eles não querem que as pessoas saibam que eles estão apostando nos cavalos

BUCK

Você quer dizer que toda a ferrovia está enlouquecendo?

MILO

Bem, todo dia, sabe, eles entram nesse trem e eles saem e apostam dinheiro...

BUCK

Quanto eles ganham por dia, sessenta e cinco centavos?

MILO

Bem, alguns garotos aleijados ganham menos... Vou pegar suas cervejas (SAI)

MANUEL

É certo! Vamos ganhar juntos, Buck, você e eu, vamos ganhar! Vamos ganhar com Milo, vamos ganhar um monte de dinheiro e arrebentar! Apesar da gente não ter ganhado hoje, mesmo assim eu *sinto* que vamos ganhar nesse oitavo páreo mas agora eu *vejo* você, eu *conheço* você, agora, Buck, você é sincero, você realmente quer ganhar!

BUCK

Eu não quero ganhar, *Milo* quer ganhar

MANUEL

Milo!, eu *acredito* no Milo!.. Eu *sei* que ele é o irmão assustador contemporâneo de Jesus Cristo. Só quero – só não quero cair e me perder nas *apostas* erradas, é como estar ligado nos poetas errados, nas pessoas erradas, no *lado* errado......

BUCK

Na verdade tudo está do lado certo Manuel...

MANUEL

Mas talvez eu não *queira* arrebentar, não quero ir para nenhum a-a-a-anjo francês, cara... *Você*, Buck, eu vejo suas idéias caírem na sarjeta bêbadas com os vagabundos, *argh*! Eu nem mesmo pensei em fazer uma coisa dessas, por que atrair mais miséria para cima de si mesmo? Deixa quieto. Eu quero ganhar dinheiro, não quero dizer "Oh Ah Ah, perdi meu rumo, Oh Ah Ah Ah eu perdi, querida, perdi meu rumo", eu ainda não perdi meu rumo, sou um cara novo, vou pedir ao Arcanjo que me deixe ganhar........ Ha! Vou contrariar o Arcanjo, o arauto esplendoroso me escuta, ouço seu clarim, (QUANDO MILO VOLTA COM AS CERVEJAS)... Ei Milo é ta ra tara tara tara tara, o Arcanjo arauto esplendoroso, aquele cara que toca aquele trombone no início do seu páreo, entendeu?

MILO

É, é, *sim senhor*! sim senhor.... Olhe lá nosso garoto, agora (OLHANDO PARA LONGE), está vendo ele lá? Aquele garoto mexicano lá de jaqueta vermelha e branca? Passando pela curva das arquibancadas? Olhe para o dorso daqueles cavalos... cavalos *lindos*! Sim senhor... Vinho Mogen David, Vinho Mogen David...

BUCK

Olhe lá o seu cavalo!

MILO

Sim *senhor*, ele está lá, e na marca dos oitocentos metros ele ainda vai estar um corpo e meio à frente quando Wigmo arrancar do segundo lugar e Prússia estará em segundo por um pescoço, Indian Tale terá caído para terceiro e perdido outras posições, e Part-Tart-A-Too-Tee estará em quinto por um corpo e Googoo em sexto e aos trancos vai fechando a fila, vamos lá vai volta correndo para casa com o papai e me traga um pouquinho de cascalho, pangaré, agora, agora eu estou vendo, você está vendo... *Cara*, ele vai conseguir na última curva, ainda vai dar Wigwam, lá em baixo, mas rapaz quando ele chegar junto e esse pé-frio começar a resmungar, cara, e chegando na reta final, e eles vão passar por você galopando e você vai ouvir o barulho dos chicotes batendo no lombo desses cavalos e o barulho da multidão... eles vão passar zunindo por aquele disco de chegada, e vamos recolher nosso dinheiro.... vamos –

BUCK

Você e Manuel vão correr até seus guichês para receber suas esmolas..... e o que você vai fazer com eles, ficar sentado num monte de feno? observar os aviões?....

MILO

Vamos ficar sentados em um monte de aviões observando o feno no céu, e vamos receber nossa grana, e não vamos nem saber o que fazer com ela, e, hah! não tem a menor chance de que a gente não vá saber o que fazer com ela, nenhuma chance que eu não saiba o que fazer com ela, eu tenho *despesas*, rapaz, eu tenho uma família, tenho mulher e quatro filhos... E como você diz, vamos recolher nossa esmola e vamos voltar para aquele trem e levar tudo de volta para Nova York.... Porque, rapaz, não importa o que acontece, tudo o que acontece está *destinado* a acontecer, e nós vamos fazer uma *festa* – enquanto você se sentir bem por *dentro*.... porque eu *sei* que o Senhor está do meu lado

MANUEL

Eu não quero que Deus me dê um mundo como este

BUCK

O que você quer dizer com isso?

MANUEL

É isso que eu quero dizer, que não quero isso. Que jeito de morrer!

BUCK

Quem está morrendo

MANUEL

Todas essas criaturas, com seus pescoços acima de seus troncos, gente maluca aqui… se todas essas pombinhas vão morrer, meus olhos teriam se aberto há muito tempo, de qualquer jeito, não gosto disso, não *ligo*

MILO

Manuel, pega a sua grana, agora a gente vai fazer a aposta, a campainha de aviso está tocando

BUCK

Pássaros com facas grandes e afiadas que brilham ao sol da tarde?

MANUEL

É

BUCK

– e o velho Zing Twing Tong ele mora lá em cima naquele apartamento e fuma o ópio do mundo, ópios da Pérsia? Tudo o que ele tem é um colchão no chão, um rádio portátil de viagem, e ele trabalha, e seu trabalho embaixo do colchão? Descrito como um homem perverso e mau no New York World Telegram?

MANUEL

Ah, Buck, você está maluco..... Não vou pensar sobre isso, vou para casa dormir depois disso, não quero sonhar com porcos definhantes e galinhas mortas dentro de um barril e cavalos e pistas de corrida sem ter uma máquina de escrever...

BUCK

Você tem razão

MANUEL

Além disso, é um filme em lugar nenhum, não podemos assistir, não tem monstros, só um homem da lua de terno, quero ver dinossauros monstruosos e mamíferos de outro mundo! Quem quer pagar cinqüenta mil dólares para ver sujeitos com máquinas e painéis de controle e uma garota em uma saia curtinha monstruosa! Vamos cair logo fora daqui depois do último páreo, eu vou para *casa*

BUCK

Tudo o que você precisa ser, cara, é uma grande nuvem triste

MANUEL

Só quero anjos clássicos.... Não quero ser uma grande nuvem triste

BUCK

Você não quer ser uma nuvem gigante, isso é tudo o que eu sou, uma nuvem gigante, meio inclinada para o lado, toda vapores, é

MANUEL

(COM TRISTEZA) Eu gostaria de ser uma nuvem gigante...

MILO

Vamos *lá*, cara, pare de falar de nuvens gigantes e vamos fazer essas apostas

(MANUEL E MILO SAEM APRESSADOS)

Terceiro Ato

(A CENA SE PASSA EM UMA SALA DE ESTAR DE UMA CASA EM ESTILO *COUNTRY*, E BUCK E UM NOVO PERSONAGEM CHAMADO IRWIN ENTRAM PELA PORTA:)

IRWIN

O que é que Milo vê no Bispo?

BUCK

Bem, Milo foi coroinha quando era criança, quando o pai dele era um vagabundo em El Paso, ele é só um velho jesuíta, sabe, na verdade.... Além disso você sabe o que ele faz aqui nesta casa toda noite? Ele se interessa por religião, se ajoelha no chão com as crianças para rezar ao Senhor antes de botar todas elas na cama. Ele realmente esquenta seus leitos.

IRWIN

Mas o que estou dizendo é que o Bispo não é muito esperto, poxa, a gente acabou de ouvir o sermão dele, sabe, eu e Paul estávamos em pé no fundo e achamos que era bobo, um troço meio chato...

BUCK

Verdade, mas a mulher dele gosta mais... Cora, sabe

IRWIN

Bem, mas Milo também gosta. Toda essa mediocridade que entrou depois em nossas vidas, quando Milo era novo e eu era novo e a gente se ajoelhava nas planícies escuras do Texas e fazia juras de amizade eterna e sagrada – você sabe

BUCK

Como você sempre diz, tudo acaba indo para o mesmo buraco

IRWIN

Hum

BUCK

Você acha que agora o Milo virou um molenga?

IRWIN

Bem, eu acho que virou, mas, ah, você sabe, eu não te contei como ele chegou na minha casa outro dia, eu estava trocando minha suíte de Bach ele começou a fechar um baseado, mas ao mesmo tempo queria imitar o violinista que tocava sozinho, mas mal conseguia tirar a erva de sua caixinha, quando o violino gritava ele mexia os braços com força e arrastava o arco na corda, tentava lamber o papel e então o violino começou uma chacona longa que o deixou esperneando no chão, tocando com movimentos cada vez mais abertos do arco – (RISOS) – e derrubou tudo...

BUCK

Como *você* está se sentindo?

IRWIN

Estou legal. Acordei de um porre de vinho às duas da madrugada no silêncio da noite vazia de aniversário que eu tinha enchido de "lamentos do vento passageiro" os últimos e conclusivos versos do misterioso *Crystal Cabinet* de Blake, um poema que nunca tinha conseguido entender até aquele momento como um gemido ele tinha crescido na cristaleira da mente por anos, mas – você sabe, "outra Londres vi ali", mal consigo completar uma linha de pensamento, "quando com ardor bravio e mãos em chamas me esforcei para me apoderar da forma mais interior", e por aí vai...

(ENTRAM MILO E PAUL, UM NOVO PERSONAGEM:)

PAUL

Tem televisão, Milo?

MILO

No quarto dos fundos, no quarto dos fundos, meu chapa, escuta aqui meus compadres, a razão por que eu queria sair rápido do sermão, *era* que eu tenho um pouquinho de –

BUCK

Você deixou o Bispo lá atrás na estrada a uns dois quilômetros –

MILO

– é é, uns *dez* quilômetros, na verdade, *foi*, para ficar com vocês, caras – vocês sabem, para entender tudo, arrumar vocês, como se a gente – ora, estou cansado de ficar aqui. O que vocês estão fazendo aí, de que estão falando, rapazes?

IRWIN

Lutei para tocar a forma mais interior sem romper a cristaleira, e como um bebê chorão tornei-me um bebê chorão pela natureza –

MILO

Ah, para mim chega de poesia

(MILO E PAUL SAEM DE CENA)

IRWIN

Meu Deus

BUCK

Pelo menos o Bispo está chegando, hein?

IRWIN

Er, eu acho que não, ele parece morto

BUCK

Você gosta do jeito dele falar, com os olhos fechados?

IRWIN

Ah isso é apenas um truque de vigarista para impressionar as mulheres. Você viu todas aquelas mulheres de meia-idade horrorosas sentadas ali, e os homens velhos aposentados de baixo de palmeiras e as bobagem que ele falou sobre corpos astrais e auras, por que ele simplesmente não tira fora as roupas e começa a dançar

(ENTRA CORA, MULHER DE MILO)

CORA

Onde está Milo?

BUCK

Nos fundos

CORA

Milo!

MILO

(EM *OFF*) O que é, querida?

(A ESPOSA CORA SAI, ENTRA MEZZ, UM CARA VESTINDO UMA BOINA *BEATNIK*, UM CARA REALMENTE NA MODA:)

MEZZ

O que é que está acontecendo?

BUCK

Você veio no seu M.G.?

MEZZ

É, cara, está lá fora. Milo falou para chegar aqui às nove

BUCK

Você está bem na hora combinada, com todo mundo, legal

MEZZ

Só preciso dar um pulinho no banheiro cara, volto já. Cadê o Milo?

BUCK

No banheiro

(MEZZ SAI)

Você conhece esse cara, Mezz McGillicuddy? ele era locutor de rádio? é ator ou coisa assim? mexe com carros, ou coisa parecida?

(A PORTA SE ABRE E TODOS ENTRAM, O BISPO, AS DUAS TIAS, E BUCK, JÁ MEIO DOIDÃO, DIZ:)

Oi! A gente chegou antes de vocês!

(A ESPOSA CORA TORNA A ENTRAR)

CORA

Por que não se senta, er, sr. Bispo, por que não se senta no sofá, aqui, e a senhora também, sra. Twidley? Er, ah, vocês podem se sentar, aqui, e, vocês querem café?

(E O BISPO, UM HOMEM DE BOA APARÊNCIA EM UMA TÚNICA NEGRA, DIZ:)

BISPO

É claro, posso me sentar aqui?

CORA

Ah, claro que sim! – então, ah, vamos todos... sim

BUCK

Eu posso me sentar aqui no chão do seu lado Bispo?

BISPO

Mas sem dúvida! Eu percebo que você – está – que você andou bebendo um pouquinho, não foi

BUCK

Sim... senhor... mas acho que está tudo bem, eu não, er – acho que a gente tem algumas coisas para conversar, hein?

BISPO

Eu soube que você conhece um pouco sobre Budismo

BUCK

Sei sim... mas não sei muito sobre Krishna... também não me interesso muito, na verdade, nem por Budismo

(IRWIN SE JOGA ENTRE AS DUAS TIAS QUE ESTÃO SENTADAS NO SOFÁ E DIZ:)

IRWIN

Bem, eu vou me sentar aqui

(O *BEATNIK* MEZZ ENTRA NOVAMENTE)

MEZZ

Bem, ah, tudo bem? Vou me sentar aqui, ah, vocês estão bem?

(E MILO CHEGA, PAUL CHEGA, E TODOS SE SENTAM E O BISPO EM MEIO A UM GRANDE SILÊNCIO DIZ:)

BISPO

Bem!!

BUCK

É!

CORA

Você gostaria de alguma coisa para beber Bispo? água, coca-cola, café, chá?

BISPO

Não não obrigado, eu – eu aceitaria um cigarro

BUCK

Bispo (DANDO UM CIGARRO A ELE) tenho certeza que o senhor não se incomoda se saciar meu vício (BEBENDO) mas eu já tinha me servido um copo de porto branco escondido no canto, é por isso que eu queria me sentar aqui, eu tive (RISOS) um dia difícil... quero dizer, não é bem isso, eu queria sentar perto do senhor e fazer umas perguntas. Queria fazer uma pergunta específica, o senhor acredita que o universo é infinitamente vazio ou acha que existe um Deus pessoal e todos vamos para o céu, para a perfeição e bem-aventurança, que quando Deus mostrar seu Rosto todas as nossas personalidades vão desaparecer?

BISPO

(SATISFEITO) Claro que sim, mas há *níveis*

IRWIN

Como uma pessoa sobe a escada das pombas do Espírito Santo para o Céu, a escada de prata de pombas marroquinas do grande Céu xerifiano?

BISPO

Ah Maometana, marroquina, xarifiana, eu acho que um degrau de cada vez

BUCK

Por que precisamos subir esses degraus?... os níveis... A senhora concorda com o que estou dizendo, senhora ah Bispo, sua tia?...

TIA 1

Eu, ah, eu não sei nada sobre essas coisas

BUCK

A senhora tem um sobrinho muito legal

BISPO

É

MEZZ

Aqui tem um cigarro – Ah, o senhor já *tem* um cigarro, eu não queria interromper, só queria dar um cigarro ao senhor

BUCK

Cora também acredita que isso tem que ser feito em etapas...

BISPO

Bem, é isso que eu tenho pregado, sobre os níveis, os estágios Bodisatva, como você bem sabe, sendo um budista ou já tendo lido sobre isso, envolve Dhristi... que é paciência espiritual... Não devemos esperar a Graça de Deus tão rápido em um nível de impaciência, entende. É preciso, e também é preciso Saha, fervor *vitale*

BUCK

Sim

BISPO

E – exatamente – o que significa que não devemos esperar a salvação ou o nirvana, er, se você quer chamar assim, sem fazer algum es-*forço* na direção a Deus, algum movimento (E ELE SE CONTORCE)

IRWIN

Ei, o senhor se contorceu igual a uma cobra

BISPO

Sim?

IRWIN

É, seu movimento aí foi exatamente igual a uma serpente iluminada sobrenatural arqueando o torso para o Céu

BISPO

Bem, é, provavelmente, claro

IRWIN

Quer dizer, isso foi a coisa mais *maneira* que vi o senhor fazer esta noite

BISPO

Bem (OLHANDO PARA PAUL), quem é *ele*?

BUCK

Ah, esse é Paul o santo

BISPO

Ah! Santo Quem?

PAUL

São Paulo

BUCK

Ele é russo, sabe

BISPO

Ah, um russo! Ele tem olhos estranhos e nunca diz nada

IRWIN

Ele é tímido

BISPO

Bem, Paul, o que *você* acha?

PAUL

Não sei, eu – eu acho que todo mundo devia amar todo mundo, acho que essa é a única mensagem... a única mensagem e ninguém nunca acredita nela

BISPO

Bem.... e como eu estava dizendo antes, sobre Vrikulata, er, os passos na direção do desejo do coração, você provavelmente tem razão

BUCK

Isso não é o mesmo que fervor *vitale*?

BISPO

É, mas por outro lado praticar as ascensões de nível exige uma grande dose de...

IRWIN

Azeitonas!

BISPO

Azeitonas, é, legal. Mas corre-se o risco de se tornar bhrasta, não-mais-um-iogue, e Pramada está sobre nós, e, o que é a clareza da mente –

BUCK

A visão constante de Deus em todas as coisas e acontecimentos incluindo este momento vai evitar que nos preocupemos com armadilhas nebulosas?

BISPO

Muito inteligente!

BUCK

O que acha, Bispo, o que digo faz sentido? Tudo bem se eu beber?

BISPO

O que você diz faz sentido e você está bebendo (RISOS)

IRWIN

(PARA A PRIMEIRA TIA DO BISPO) Ele sempre foi assim quando criança? Nossa, ele devia ser um menino muito estranho

TIA 1

Era sim

IRWIN

A senhora quer dizer... se importa se eu me sentar entre a senhora e sua irmã?

TIA 1

Eh, claro que não!

IRWIN

(PARA A SEGUNDA TIA) O que a *senhora* tem a dizer?

TIA 2

Não tenho nada a dizer

BISPO

Bem, que noite agradável e estranha!... E deixe-me acrescentar, a Asana não é necessária, a Asana é a posição de pernas cruzadas, como nosso amigo aqui (BUCK ESTÁ SENTADO NO CHÃO COM AS PERNAS CRUZADAS)

BUCK

Na verdade isso não é necessário, sei que não é necessário, eu só achei que eu – eu sempre me sento assim em uma festa boa

BISPO

Muito bem

BUCK

E como eu acredito que todos nós agora estamos no Céu não vejo motivo para exercitar a disciplina ou me preocupar com ela... O senhor fecharia os Portões do Paraíso para aqueles que.... *não* se importam com isso?

BISPO

Isso está além de meus poderes

BUCK

A mulher de Milo, Cora, o senhor percebe como ela é?... ela estava em tal estado de êxtase no outro dia quando as crianças jogaram ovos podres na janela dela, será que ela vibrou com a oportunidade que Deus tinha dado a ela para perdoar?

BISPO

Ah!

(SILÊNCIO, LONGO SILÊNCIO)

BUCK

É isso que Tchekhov chamou de o Anjo do Silêncio, ele acabou de voar sobre nós, não é?

BISPO

Ah, sim... E esse aqui, ele nunca diz nada

PAUL

Ah, bem.... o senhor já jogou beisebol? (TODOS RIEM)

BISPO

Não, infelizmente não

PAUL

Será que ele já ficou sem roupa com uma garota?

IRWIN

Não sei, pergunte a ele... Alguém tirou as roupas deles em algum lugar...

PAUL

Bispo, eu acredito em ficar pelado... O senhor acredita?

BISPO

Bem, não vejo nada de errado nisso, claro. Eu acho que agora aceitaria outro cigarro

MILO

(LEVANTANDO EM UM PULO) Alguma marca em especial?

BISPO

Não não, qualquer um

BUCK

Bem, Bispo, o que nós estamos fazendo aqui, e que dias estranhos estamos vivendo... não é

IRWIN

É, acho que todos devíamos ser nós mesmos em algum momento... assim que pudermos

BISPO

É, mas em relação à n-a-t-u-r-e-z-a pessoal, não é algo a que se apegar pois isso dá origem a juízos mundanos falsos

IRWIN

O mundano é tudo o que temos... A superfície, o X, é tudo o que temos

BISPO

É mas isso nos foi dado por Deus e pelo poder onipotente de Deus –

MILO

Sim!

IRWIN

Então, tudo bem com a senhora? (AGORA PARA A SEGUNDA TIA)

TIA 2

Bem obrigada

IRWIN

Er, nós estamos deixando a senhora infeliz?

TIA 2

Não nem um pouco

BISPO

Vocês todos são muito felizes, ou se não felizes, têm v e r v e, vocês são pessoas com verve

BUCK

Onde você arranjou esse sotaque estranho

BISPO

Bem, eu sou da Tchecoslováquia. Amanhã tenho de fazer outro sermão, é melhor ir embora daqui a pouco

BUCK

Bispo, eu preciso dizer uma coisa, o senhor sem dúvida tem razão em tudo o que diz e é um homem muito amável

BISPO

Meu discípulo aqui!

IRWIN

(CANTA) Nos pinheiros....

BISPO

Ah, ele canta muito bem... Você também canta? (PARA PAUL)

PAUL

Eu canto *Rock and Roll*

BISPO

Eu poderia escutar você?

PAUL

Hein?

IRWIN

Vá em frente, Paul, cante, *Rock and Roll*

PAUL

Ah, não, eu não quero cantar.... er.... Prefiro conversar, o senhor já leu Dostoiévski?

BISPO

Não

PAUL

O senhor sonha? Sonhou com alguma coisa?

BISPO

Eu sonho, sim...

PAUL

Pode me contar seu último sonho?

BISPO

Bem, er, acho que não é muito importante... meus sonhos não são muito importantes.... Não sei. Eu tive um sonho ontem à noite mas não tenho certeza se consigo me lembrar...

PAUL

Mas o senhor precisa lembrar! Todos os sonhos são claustros sagrados de seu coração!

BISPO

Entendo

PAUL

Segure todo mundo pelas mãos e beije suas mãos

IRWIN

Você devia ver o Paul tirar a roupa

BUCK

Ah cale a boca!

PAUL

É é! O senhor sabe como são os adolescentes e como eles querem ir até a lua, o senhor sabe o que é masturbação, o senhor já andou pelas ruas de manhã e exultou com as bundinhas arredondadas das garotas?

MILO

Uhh

CORA

Ahh

BISPO

Bem, então, uma confusão de idéias bem estranha essa!

IRWIN

Essa foi igual à do Bela Lugosi naquela vez.... O senhor acha que tudo é sagrado, Bispo

BISPO

Enquanto manifestações de Deus sim acho que tudo é sagrado

PAUL

O senhor leu *O Idiota*?

BUCK

Ei, Milo, a gente se deu bem hoje, não é, cara, a gente ganhou uma grana naquele oitavo páreo, não foi, finalmente a gente ganhou uma grana no oitavo páreo!

IRWIN

Bispo, o senhor acha que as flores são sagradas? O senhor acha que o mundo é sagrado?

BISPO

Bem sim, eu acho que o mundo é... vai ser sagrado

IRWIN

O senhor acha que o jacaré é sagrado?

PAUL

E o cabelo é sagrado?

BUCK

Tudo é sagrado, Bispo?

IRWIN

O Bispo é sagrado?

BUCK

Milo é sagrado?

PAUL

Buck é sagrado?

IRWIN

Paul é sagrado?

BUCK

Irwin é sagrado?

IRWIN

Todo mundo é sagrado?

BISPO

Acho que sim. Espero que sim.

IRWIN

A atração é sagrada?? Quero dizer, Cora é sagrada? O sagrado é sagrado? Quero dizer, as ruas são sagradas? O chão é sagrado?

BUCK

O hipódromo é sagrado? Tudo é sagrado? Viva o sagrado!

BISPO

Bem sim, eu penso que sim... mas talvez seja que tudo o que você quer, você vai conseguir.... Mas na verdade eu acho mesmo que preciso ir agora

(SE LEVANTANDO, E ENTRA O MENININHO QUE É O FILHO MENOR DE MILO)

MILO

Olha o meu amiguinho aqui, qual o problema, garoto a

gente acordou você com essa conversa toda? vem aqui filho e sente no colo do seu pai

BISPO

Ah, ele tem cabelos louros como a mãe

IRWIN

Filho da luz, filho da luz e doce deleite

BISPO

Boa noite para todos vocês, acho que é melhor eu ir, agora. Espero ver todos vocês de novo em breve, espero que venham ouvir meus sermões e se vocês não quiserem ouvir os sermões pelo menos ficamos amigos esta noite...

BUCK

Boa noite.... A gente se vê outra vez...... (DESPEDIDAS)

(TODOS SAEM DE CENA, O BISPO, AS DUAS TIAS VELHAS, AS PESSOAS OS ACOMPANHAM ATÉ A PORTA E BUCK ESTÁ SENTADO NO CHÃO E DIZ:)

BUCK

O Bispo é legal. Ele é um cara legal.

PAUL

O que a gente vai fazer agora, dormir?

BUCK

Bem, eu vou dormir lá fora no quintal no meu saco de

dormir e você dorme no sofá e Irwin dorme no outro sofá e Milo vai para a cama e Mezz vai voltar para a cidade mas eu vou botar um pouco de Simphony Sid* no rádio... Irwin, você acha que você – por um tempo, sabe? – você acha que incomodou as duas tias dele sentado daquele jeito entre elas e todas aquelas avenidas sagradas da terra prometida e os terraços do templo e essas coisas todas? – Como estão as coisas, está tudo bem? (ELE PERGUNTA A MILO QUANDO MILO VOLTA)

MILO

E as sagradas linhas retas do pensamento...

BUCK

Acho que tivemos uma conversa legal pra caramba. Tudo bem, Milo. Jesus Mezz McGillicuddy não falou uma palavra, é isso que acontece quando você tem uma boa educação

MEZZ

Pára com isso, cara, me dá um pouco daquele vinho. Eu alguma vez contei a vocês mostrei a vocês minha cena de caubói? eles já foram? o carro deles já foi?

MILO

(OLHANDO PELA JANELA) Eles estão indo agora

MEZZ

Bem, olhe –

---

* Sid Torin (1909-1984). Famoso Dj de *jazz* do rádio americano. (N.T.)

MILO

Ééé, e que tal um pouco de comida por aqui (QUANDO CORA VOLTA PELA PORTA), não tem nada para comer por aqui?

BUCK

Eu não estou com fome

IRWIN

Eu estou! Quer que eu prepare?

MEZZ

– contar minha cena de faroeste, eu chego nessa cidadezinha antiga e empoeirada no Arizona no meu cavalo malhado e desço e vou pisando firme – aumenta esse rádio, cara, isso é muito bom, Dizzy Gillespie, cara! – venho de uma viagem longa desde Flagstaff pelo deserto. Sacudo a poeira do meu chapéu, entro no Four Star para matar minha sede, tem uma torneira de cerveja, uma caldeira fervendo, dois, talvez três sujeitos e lá está o Blackjack Slim no canto do bar, "Bem, Blackjack, faz muito tempo" eu digo e "Faz mesmo" ele diz, "Mezz, como andam as coisas em Tombstone, eu vou mandar você para lá agora", então ele entra em ação, eu percebo que seu lábio superior está se retorcendo... se retorcendo um pouco para minha esquerda para dar a ele um perfil mais fino e eu me esquivo e saco o meu Colt e atiro blam blam duas vezes! por um instante – (BUCK CAI NO CHÃO) – por um instante ele se apóia no bar como se fosse pedir uma bebida e você ouve o revólver dele bater no chão, não tinha sido totalmente sacado...... Black Bart cai deitado com o revólver ainda no coldre e cerveja escorrendo dos lábios

BUCK

Deixem eu fazer o meu caubói!

IRWIN

Deixem eu fazer um!

BUCK

Tudo bem, você primeiro!

PAUL

Vou fazer o meu caubói russo –

IRWIN

– eu chego na cidade, sabe, vindo das montanhas, tem alguns arbustos que eu afasto bem devagar e olho e eu sou um amolador de tesouras e estou dançando com – e eu olho e observo com atenção, afasto as moitas para o lado e vejo o que eles estão todos fazendo lá na cidade –

BUCK

Espera um minuto! espera um minuto! Eu chego a cavalo e estou procurando os assassinos do meu pai, eu sei que eles estão na cidade, eu ando pelas tábuas secas da calçada e minhas botas fazem barulho e as esporas emitem um longo tilintar e abro as portas de vai-e-vem com um empurrão e o Bart está lá agora, e seus irmãos e primos do seu lado, todos com as armas na mão e eu estou sob a mira de todos que vão me matar como fizeram com meu pai...

MEZZ

E então, o que você faz?

BUCK

Eu apareço com uma esfera elétrica e todos eles caem mortos

MILO

(REPENTINAMENTE) Eu vou contar a minha para vocês.... O Pastor está chegando a cavalo na cidade, eu estou ali de pé no bar com o pastor quando ele faz seu sermão sobre o Senhor citando o capítulo 26, versículo 18 do Novo Testamento "Não conheceremos um jota ou um ápice do que restou"..... E tem um bêbado no canto bebendo do seu copo, sentado de pernas cruzadas no chão bebendo enquanto o pregador faz seu sermão, eu saco minha arma e aponto direto para a cabeça dele e digo "Você não acredita em Deus?" .... e eu atiro nele, no meio da cabeça

BUCK

(CAI OUTRA VEZ) Ah!

MILO

Tudo bem, gente, eu vou para a cama... Todo mundo vai levantar às seis da manhã, na verdade, quinze para as seis, e eu vou levar vocês todos de volta para a cidade

(ELE SE RETIRA, SAI DE CENA)

IRWIN

Isso foi estranho

PAUL

Onde a gente vai dormir esta noite?

BUCK

Eu vou dormir lá fora no meu saco e vocês, caras, dormem nesses sofás..... (RI).... Estou *morto*

PAUL

Você tem outro saco de dormir?

BUCK

Não, não tenho outro saco de dormir... gente, é melhor vocês irem para a cama..... Por que vocês acham que o Milo me deu um tiro na cabeça depois desse dia longo que eu passei com ele..... todas as coisas que ele queria que eu fizesse e todos esses Bispos, e tudo, por que ele fez isso?

IRWIN

Ah, ele só estava demonstrando a você que você é um pecador e você está bebendo dos bispos..............................

BUCK

Bem.... Eu não sei. Ele teve um grande dia, e ganhou no oitavo páreo, e ganhou uma graninha, eu devia imaginar que ele se sentiria um pouco feliz.... mas ah, *droga*, vou voltar para a Costa, vou voltar para Frisco. Vou embora com este saco de dormir e sabe o quê? Quando eu acordar às 3h da manhã e não souber onde estou e vir todas as estrelas lá no alto sobre meu sono eu vou me dar conta de que estou em um quarto amplo e reluzente, o quarto verdadeiro..... eu durmo de verdade lá fora

IRWIN

Qualquer quarto velho serve

BUCK

É, mas eu vou

PAUL

(ENROSCANDO-SE NO SOFÁ) Espero que eu sonhe! Não fique com frio, Buck, espere um minuto agora venha aqui, Buckie, espere um minuto agora, boa noite, irmão, aperte minha mão, irmão

BUCK

Boa noite, irmão Paul... boa noite, São Paulo

IRWIN

Boa noite, Buckie

BUCK

Boa noite, Irwin... E eu vou lá para fora, e você sabe o que tenho no meu bolso de trás aqui, a flauta de Milo..... depois eu vou cruzar aquele túnel Holland e pegar a auto-estrada e me esconder lá no oeste...

(BUCK SAI)

PAUL

Vou pegar este cobertor. Você quer este cobertor?

IRWIN

Não, eu tenho outro, apague a luz, eu vou só cochilar um pouquinho aqui, estou cansado

PAUL

Eu também....... O que achou do que aconteceu esta noite Irwin?

IRWIN

Não sei, acho que não faz diferença... Foi engraçado, eu acho

PAUL

Bispo engraçado hein?

IRWIN

Ah, eu fiquei entediado!

PAUL

Quando a gente vai voltar para Nova York, amanhã?

IRWIN

É, a gente vai voltar com Milo às 5h45

PAUL

Bem, acho que vou dormir

IRWIN

A gente tem que dormir um pouco

PAUL

Isso mesmo, Irwin, meu chapa, eu vou dormir agora

IRWIN

Milo já está dormindo, eu posso ouvir seus roncos

PAUL

Será que eu devo ir lá para dentro e pular na cama com a mulher dele?

IRWIN

(RISOS) Não, não se preocupe... mais tarde

PAUL

Buck já está dormindo não está

IRWIN

Não.... escute

(ELES OUVEM UMA FLAUTA LÁ FORA NO JARDIM)

Buck está tocando flauta sob as estrelas

PAUL

Eu me pergunto por quê

IRWIN

Deve ser porque... ele está tentando descobrir o que isso

tudo significa.... seja lá o que signifique, você sabe..... o mundo é o que é sua forma, e isso é tudo o que você pode dizer sobre ele, hein?

PAUL

É... Acho que sim. Vamos roncar em silêncio, hein? roncos silenciosos

IRWIN

Tudo bem

(A FLAUTA TOCA, A CORTINA DESCE)

Coleção **L&PM** POCKET (LANÇAMENTOS MAIS RECENTES)

736(12).**Para entender o adolescente** – Dr. Ronald Pagnoncelli
737(13).**Desembarcando a tristeza** – Dr. Fernando Lucchese
738.**Poirot e o mistério da arca espanhola & outras histórias** – Agatha Christie
739.**A última legião** – Valerio Massimo Manfredi
740.**As virgens suicidas** – Jeffrey Eugenides
741.**Sol nascente** – Michael Crichton
742.**Duzentos ladrões** – Dalton Trevisan
743.**Os devaneios do caminhante solitário** – Rousseau
744.**Garfield, o rei da preguiça (10)** – Jim Davis
745.**Os magnatas** – Charles R. Morris
746.**Pulp** – Charles Bukowski
747.**Enquanto agonizo** – William Faulkner
748.**Aline: viciada em sexo (3)** – Adão Iturrusgarai
749.**A dama do cachorrinho** – Anton Tchékhov
750.**Tito Andrônico** – Shakespeare
751.**Antologia poética** – Anna Akhmátova
752.**O melhor de Hagar 6** – Dik e Chris Browne
753(12).**Michelangelo** – Nadine Sautel
754.**Dilbert (4)** – Scott Adams
755.**O jardim das cerejeiras** *seguido de* **Tio Vânia** – Tchékhov
756.**Geração Beat** – Claudio Willer
757.**Santos Dumont** – Alcy Cheuiche
758.**Budismo** – Claude B. Levenson
759.**Cleópatra** – Christian-Georges Schwentzel
760.**Revolução Francesa** – Frédéric Bluche, Stéphane Rials e Jean Tulard
761.**A crise de 1929** – Bernard Gazier
762.**Sigmund Freud** – Edson Sousa e Paulo Endo
763.**Império Romano** – Patrick Le Roux
764.**Cruzadas** – Cécile Morrisson
765.**O mistério do Trem Azul** – Agatha Christie
766.**Os escrúpulos de Maigret** – Simenon
767.**Maigret se diverte** – Simenon
768.**Senso comum** – Thomas Paine
769.**O parque dos dinossauros** – Michael Crichton
770.**Trilogia da paixão** – Goethe
771.**A simples arte de matar** (vol.1) – R. Chandler
772.**A simples arte de matar** (vol.2) – R. Chandler
773.**Snoopy: No mundo da lua! (8)** – Charles Schulz
774.**Os Quatro Grandes** – Agatha Christie
775.**Um brinde de cianureto** – Agatha Christie
776.**Súplicas atendidas** – Truman Capote
777.**Ainda restam aveleiras** – Simenon
778.**Maigret e o ladrão preguiçoso** – Simenon
779.**A viúva imortal** – Millôr Fernandes
780.**Cabala** – Roland Goetschel
781.**Capitalismo** – Claude Jessua
782.**Mitologia grega** – Pierre Grimal
783.**Economia: 100 palavras-chave** – Jean-Paul Betbèze
784.**Marxismo** – Henri Lefebvre
785.**Punição para a inocência** – Agatha Christie
786.**A extravagância do morto** – Agatha Christie
787(13).**Cézanne** – Bernard Fauconnier
788.**A identidade Bourne** – Robert Ludlum
789.**Da tranquilidade da alma** – Sêneca
790.**Um artista da fome** *seguido de* **Na colônia penal e outras histórias** – Kafka
791.**Histórias de fantasmas** – Charles Dickens
792.**A louca de Maigret** – Simenon
793.**O amigo de infância de Maigret** – Simenon
794.**O revólver de Maigret** – Simenon
795.**A fuga do sr. Monde** – Simenon
796.**O Uraguai** – Basílio da Gama
797.**A mão misteriosa** – Agatha Christie
798.**Testemunha ocular do crime** – Agatha Christie
799.**Crepúsculo dos ídolos** – Friedrich Nietzsche
800.**Maigret e o negociante de vinhos** – Simemon
801.**Maigret e o mendigo** – Simenon
802.**O grande golpe** – Dashiell Hammett
803.**Humor barra pesada** – Nani
804.**Vinho** – Jean-François Gautier
805.**Egito Antigo** – Sophie Desplancques
806(14).**Baudelaire** – Jean-Baptiste Baronian
807.**Caminho da sabedoria, caminho da paz** – Dalai Lama e Felizitas von Schönborn
808.**Senhor e servo e outras histórias** – Tolstói
809.**Os cadernos de Malte Laurids Brigge** – Rilke
810.**Dilbert (5)** – Scott Adams
811.**Big Sur** – Jack Kerouac
812.**Seguindo a correnteza** – Agatha Christie
813.**O álibi** – Sandra Brown
814.**Montanha-russa** – Martha Medeiros
815.**Coisas da vida** – Martha Medeiros
816.**A cantada infalível** *seguido de* **A mulher do centroavante** – David Coimbra
817.**Maigret e os crimes do cais** – Simenon
818.**Sinal vermelho** – Simenon
819.**Snoopy: Pausa para a soneca (9)** – Charles Schulz
820.**De pernas pro ar** – Eduardo Galeano
821.**Tragédias gregas** – Pascal Thiercy
822.**Existencialismo** – Jacques Colette
823.**Nietzsche** – Jean Granier
824.**Amar ou depender?** – Walter Riso
825.**Darmapada: A doutrina budista em versos**
826.**J'Accuse...! – a verdade em marcha** – Zola
827.**Os crimes ABC** – Agatha Christie
828.**Um gato entre os pombos** – Agatha Christie
829.**Maigret e o sumiço do sr. Charles** – Simenon
830.**Maigret e a morte do jogador** – Simenon
831.**Dicionário de teatro** – Luiz Paulo Vasconcellos
832.**Cartas extraviadas** – Martha Medeiros
833.**A longa viagem de prazer** – J. J. Morosoli
834.**Receitas fáceis** – J. A. Pinheiro Machado
835.(14).**Mais fatos & mitos** – Dr. Fernando Lucchese
836.(15).**Boa viagem!** – Dr. Fernando Lucchese
837.**Aline: Finalmente nua!!!** (4) – Adão Iturrusgarai
838.**Mônica tem uma novidade!** – Mauricio de Sousa
839.**Cebolinha em apuros!** – Mauricio de Sousa
840.**Sócios no crime** – Agatha Christie
841.**Bocas do tempo** – Eduardo Galeano
842.**Orgulho e preconceito** – Jane Austen
843.**Impressionismo** – Dominique Lobstein
844.**Escrita chinesa** – Viviane Alleton

845.**Paris: uma história** – Yvan Combeau
846(15).**Van Gogh** – David Haziot
847.**Maigret e o corpo sem cabeça** – Simenon
848.**Portal do destino** – Agatha Christie
849.**O futuro de uma ilusão** – Freud
850.**O mal-estar na cultura** – Freud
851.**Maigret e o matador** – Simenon
852.**Maigret e o fantasma** – Simenon
853.**Um crime adormecido** – Agatha Christie
854.**Satori em Paris** – Jack Kerouac
855.**Medo e delírio em Las Vegas** – Hunter Thompson
856.**Um negócio fracassado e outros contos de humor** – Tchékhov
857.**Mônica está de férias!** – Mauricio de Sousa
858.**De quem é esse coelho?** – Mauricio de Sousa
859.**O burgomestre de Furnes** – Simenon
860.**O mistério Sittaford** – Agatha Christie
861.**Manhã transfigurada** – Luiz Antonio de Assis Brasil
862.**Alexandre, o Grande** – Pierre Briant
863.**Jesus** – Charles Perrot
864.**Islã** – Paul Balta
865.**Guerra da Secessão** – Farid Ameur
866.**Um rio que vem da Grécia** – Cláudio Moreno
867.**Maigret e os colegas americanos** – Simenon
868.**Assassinato na casa do pastor** – Agatha Christie
869.**Manual do líder** – Napoleão Bonaparte
870(16).**Billie Holiday** – Sylvia Fol
871.**Bidu arrasando!** – Mauricio de Sousa
872.**Desventuras em família** – Mauricio de Sousa
873.**Liberty Bar** – Simenon
874.**E no final a morte** – Agatha Christie
875.**Guia prático do Português correto – vol. 4** – Cláudio Moreno
876.**Dilbert (6)** – Scott Adams
877(17).**Leonardo da Vinci** – Sophie Chauveau
878.**Bella Toscana** – Frances Mayes
879.**A arte da ficção** – David Lodge
880.**Striptiras (4)** – Laerte
881.**Skrotinhos** – Angeli
882.**Depois do funeral** – Agatha Christie
883.**Radicci 7** – Iotti
884.**Walden** – H. D. Thoreau
885.**Lincoln** – Allen C. Guelzo
886.**Primeira Guerra Mundial** – Michael Howard
887.**A linha de sombra** – Joseph Conrad
888.**O amor é um cão dos diabos** – Bukowski
889.**Maigret sai em viagem** – Simenon
890.**Despertar: uma vida de Buda** – Jack Kerouac
891(18).**Albert Einstein** – Laurent Seksik
892.**Hell's Angels** – Hunter Thompson
893.**Ausência na primavera** – Agatha Christie
894.**Dilbert (7)** – Scott Adams
895.**Ao sul de lugar nenhum** – Bukowski
896.**Maquiavel** – Quentin Skinner
897.**Sócrates** – C.C.W. Taylor
898.**A casa do canal** – Simenon
899.**O Natal de Poirot** – Agatha Christie
900.**As veias abertas da América Latina** – Eduardo Galeano
901.**Snoopy: Sempre alerta! (10)** – Charles Schulz
902.**Chico Bento: Plantando confusão** – Mauricio de Sousa
903.**Penadinho: Quem é morto sempre aparece** – Mauricio de Sousa
904.**A vida sexual da mulher feia** – Claudia Tajes
905.**100 segredos de liquidificador** – José Antonio Pinheiro Machado
906.**Sexo muito prazer 2** – Laura Meyer da Silva
907.**Os nascimentos** – Eduardo Galeano
908.**As caras e as máscaras** – Eduardo Galeano
909.**O século do vento** – Eduardo Galeano
910.**Poirot perde uma cliente** – Agatha Christie
911.**Cérebro** – Michael O'Shea
912.**O escaravelho de ouro e outras histórias** – Edgar Allan Poe
913.**Piadas para sempre (4)** – Visconde da Casa Verde
914.**100 receitas de massas light** – Helena Tonetto
915(19).**Oscar Wilde** – Daniel Salvatore Schiffer
916.**Uma breve história do mundo** – H. G. Wells
917.**A Casa do Penhasco** – Agatha Christie
918.**Maigret e o finado sr. Gallet** – Simenon
919.**John M. Keynes** – Bernard Gazier
920(20).**Virginia Woolf** – Alexandra Lemasson
921.**Peter e Wendy** *seguido de* **Peter Pan em Kensington Gardens** – J. M. Barrie
922.**Aline: numas de colegial (5)** – Adão Iturrusgarai
923.**Uma dose mortal** – Agatha Christie
924.**Os trabalhos de Hércules** – Agatha Christie
925.**Maigret na escola** – Simenon
926.**Kant** – Roger Scruton
927.**A inocência do Padre Brown** – G.K. Chesterton
928.**Casa Velha** – Machado de Assis
929.**Marcas de nascença** – Nancy Huston
930.**Aulete de bolso**
931.**Hora Zero** – Agatha Christie
932.**Morte na Mesopotâmia** – Agatha Christie
933.**Um crime na Holanda** – Simenon
934.**Nem te conto, João** – Dalton Trevisan
935.**As aventuras de Huckleberry Finn** – Mark Twain
936(21).**Marilyn Monroe** – Anne Plantagenet
937.**China moderna** – Rana Mitter
938.**Dinossauros** – David Norman
939.**Louca por homem** – Claudia Tajes
940.**Amores de alto risco** – Walter Riso
941.**Jogo de damas** – David Coimbra
942.**Filha é filha** – Agatha Christie
943.**M ou N?** – Agatha Christie
944.**Maigret se defende** – Simenon
945.**Bidu: diversão em dobro!** – Mauricio de Sousa
946.**Fogo** – Anaïs Nin
947.**Rum: diário de um jornalista bêbado** – Hunter Thompson
948.**Persuasão** – Jane Austen
949.**Lágrimas na chuva** – Sergio Faraco
950.**Mulheres** – Bukowski
951.**Um pressentimento funesto** – Agatha Christie
952.**Cartas na mesa** – Agatha Christie
953.**Maigret em Vichy** – Simenon
954.**O lobo do mar** – Jack London
955.**Os gatos** – Patricia Highsmith
956.**Jesus** – Christiane Rancé
957.**História da medicina** – William Bynum
958.**O morro dos ventos uivantes** – Emily Brontë
959.**A filosofia na era trágica dos gregos** – Nietzsche
960.**Os treze problemas** – Agatha Christie

IMPRESSÃO:

GRÁFICA EDITORA
Pallotti
IMAGEM DE QUALIDADE

Santa Maria - RS - Fone/Fax: (55) 3220.4500
www.pallotti.com.br